– AVERTISSEMENT –

Ce livre romantique contient des scènes et un langage à caractère
violent et/ou sexuel et est très fortement déconseillé aux lecteurs de
moins de 18 ans.
L'auteur et l'éditeur déclinent toute responsabilité dans le cas où ce
livre serait lu par un public trop jeune.

© Dymat Group Limited 2023 – Tous droits réservés.

Livre édité et publié en France par Livres Passion
www.livrespassion.net
Imprimé par Amazon.fr

ISBN : 9798854976497

Le pire
Garçon d'Honneur

Rosie Bright

Chapitre 1

– Anna –

La route jusqu'au resort est très tortueuse, pleine de virages en épingle et de pentes vertigineuses. Après tout, le Colorado est un État en plein milieu des Rocky Moutains, et Colorado Springs est l'une des stations de ski les plus connues de tous les États-Unis. Le resort dans lequel j'ai trouvé du travail pour l'été est un peu isolé et très exclusif. Ses clients sont généralement très riches et ne veulent pas avoir à se mêler aux touristes.

Dans la pente, ma voiture crachote comme si elle faisait une crise d'asthme. Elle est plus vieille que moi, du haut de mes seize ans, mais au moins, j'ai la chance d'avoir pu acheter une voiture. Sans ça, je n'aurais jamais pu avoir ce job d'été. Alors ça n'a pas d'importance si je ne dépasse pas les vingt kilomètres à l'heure dans les montées. Il suffisait simplement que je parte quelques minutes plus tôt pour arriver à l'heure. Après avoir passé mon permis de conduire le lendemain de mes seize ans, j'avais trouvé cette voiture au fin fond du parking d'un concessionnaire qui avait été assez généreux pour baisser le prix du véhicule pour entrer dans mon budget. Je n'imagine pas que beaucoup de gens se soient précipités pour l'acquérir, mais je suis néanmoins reconnaissante.

Après un virage particulièrement serré, je m'arrête sur un petit espace dégagé du bas-côté. J'ai besoin de changer mes vêtements avant d'arriver au resort. Nous avons des vestiaires pour nous changer, bien entendu, mais je refuse de les utiliser. Mes vêtements sentent bien trop le cannabis, et j'ai peur que mon manager s'imagine que je prends de la drogue. Je ne peux pas me permettre de perdre mon boulot. Je n'ai jamais rien fumé de ma vie, mais mes parents sont des consommateurs quotidiens qui ne se gênent pas pour fumer dans toute la maison. Enfin, le mobil-home. Mes parents ne croient pas au système économique qui consiste à faire un travail pour être payé, et ils n'ont pas eu d'emploi officiel depuis aussi loin que je me souvienne.

Ils sont tous les deux nés dans la ville de Woodstock, pendant le fameux festival. Ils aiment raconter qu'ils ont vu le jour au son de la guitare de Jimmy Hendrix, mais en réalité, ma mère est née dans la voiture qui emmenait ma grand-mère à l'hôpital, et mon autre grand-mère a donné naissance à mon père chez elle, comme c'était la tradition dans sa famille. Aucun des deux n'a entendu le moindre son de guitare à ce moment-là. Pourtant, ils ont pris ça comme un signe qu'ils ont été imbus de l'esprit "peace and love" du festival, et à ce jour, ils sont toujours fidèles au mode de vie hippie.

J'enfile rapidement mon uniforme. Je suis devenue très efficace pour me changer dans l'espace étroit de l'habitacle. Je suis si fière de ce nouveau petit talent que j'ai presque envie de le mettre sur mon cv, mais j'ai peur que ça n'invite des offres d'emplois pour des jobs peu recommandables. Ça ne me prend que quelques minutes pour complètement changer de tenue. Puis je mets mes vêtements dans un sac plastique que je ferme avec un double nœud, puis que je jette dans le coffre. Je ne veux pas prendre le moindre risque.

Alors que je m'apprête à reprendre la route, une voiture sort du tournant et s'approche à toute vitesse. C'est une voiture de sport à la peinture immaculée et au moteur vrombissant. Elle n'a pas la moindre difficulté dans les pentes. C'est un petit bolide fait pour foncer sur l'asphalte, quelque soit l'inclinaison de la route.

Je reconnais cette voiture sans peine. Au début de l'été, j'avais été choquée d'apprendre qu'elle n'appartenait pas à un des clients richissimes du resort, mais à un de mes collègues : Logan Carter.

C'est le golden boy du lycée où nous allons tous les deux, tout comme du resort où il travaille aussi pour l'été. C'est le fils d'Alexander Carter, le millionnaire qui fait si souvent la une des magazines financiers pour ses investissements risqués qui semblent toujours fonctionner. La rumeur est qu'il a obligé Logan à prendre ce job au resort pour lui apprendre la valeur du travail et de l'argent. Mais Logan n'a clairement pas la moindre intention de tirer profit de l'expérience.

Il est très beau et il vient d'une famille riche. Il a l'habitude de faire ce qui lui plaît, et il continue à faire pareil même au travail. Il aime faire des blagues bien plus qu'assumer ses responsabilités.

La voiture ralentit légèrement à mon approche. Logan se penche à la fenêtre de son bolide.

— Dépêche-toi, Neige! Tu vas être en retard ! Ça va faire tache pour une employée modèle comme toi. Et une tache dans la neige, ça se voit.

Puis il relance son bolide à toute vitesse, ses copains riant de sa répartie comme des idiots. Logan est toujours entouré d'une cour d'admirateurs.

Il a pris l'habitude de m'appeler Neige pour deux raisons. D'abord, parce que je m'appelle Anna, comme la sœur d'Elsa dans la Reine des Neiges – Logan n'est pas un génie. Ensuite, parce que mes cheveux sont tellement blonds qu'on dirait presque qu'ils sont blancs. C'est les gènes de mes arrières grands-parents, qui sont venus s'installer aux États-Unis après avoir quitté leur Norvège natale. Mes parents sont blonds aussi, mais j'ai tout de même une teinte naturelle assez rare.

Ma tante Nadia, qui me voit à la fois comme une jeune sœur et la fille qu'elle n'a jamais eue, a une explication bien à elle pour la couleur de mes cheveux.

— Les soucis font blanchir les cheveux prématurément. Avec des parents aussi irresponsables que les tiens, ce n'est pas surprenant que tes cheveux soient blancs depuis ta naissance.

Elle m'a presque élevée, remplaçant mes parents partout où ils sont absents. Mes parents m'aiment, je n'en ai pas le moindre doute. Ils me traitent avec tendresse et affection, essayent de me consoler quand j'ai de la peine, se réjouissent quand je suis heureuse, et tentent, à leur manière, de m'enseigner tout ce qu'ils ont appris de la vie. Mais ils oublient eux-mêmes de se nourrir un repas sur deux et se soignent avec des pierres énergétiques quelque soit la maladie.

Je reprends la route et arrive dix minutes plus tard au resort. Ça ne m'aurait pris que cinq minutes si ma voiture ne menaçait pas de dévaler la pente en marche arrière à tout instant. Heureusement, je suis parfaitement à l'heure. J'ai juste le temps de déposer mon sac à dos dans les vestiaires avant de rejoindre le manager qui nous attend pour nous donner les instructions du jour. Il travaille au resort depuis des années, et il est connu pour être efficace et intransigeant. Il ne demande rien de moins que la perfection. C'était difficile de le satisfaire, mais au moins, nous savons qu'il a gagné sa place au talent, et pas en léchant les bottes de ses supérieurs comme beaucoup de personnes font dans cette industrie.

— Monsieur et Madame Fairweather arrivent ce matin. Ils sont parmi nos VIP les plus importants et ils reviennent ici chaque année parce qu'ils reçoivent un traitement comme nulle part ailleurs. Pas un seul faux pas, ou c'est le licenciement. On est souriant mais discret, attentif sans être envahissant. Et s'ils demandent quoi que ce soit, du plus simple au plus extravagant, la seule chose qui doit vous passer par la tête, c'est comment faire en sorte qu'ils le reçoivent avant même qu'ils n'y pensent. Je me suis bien fait comprendre ?

Le manager n'est pas d'un naturel rieur. Son expression est si uniformément sérieuse que pendant les trois semaines depuis que j'ai commencé ce job, je ne l'ai pas vu sourire une seule fois. Mais aujourd'hui, il est plus que sérieux, il est sévère. Ces clients doivent vraiment être très importants. Je vais devoir faire très attention autour d'eux. Je ne veux pas faire une erreur qui risquerait de me coûter ma place.

Dès que le manager nous laisse partir, je commence ma routine du matin. Je suis chargée de m'assurer que l'espace de la piscine et du bar extérieur soit toujours bien rangé et organisé, et que les demandes des clients qui viennent nager, bronzer, boire un verre et se détendre soient transmises rapidement aux bons services. Ça demande un bon coup d'œil pour les détails, le sens de l'organisation, et une bonne pointe de vitesse quand les clients deviennent vraiment impatients, mais ça me plaît. Je suis si habituée au chaos à la maison que je n'ai pas le moindre problème pour le gérer au resort. J'ai éteint mon premier feu de cuisine à huit ans après une expérience culinaire ratée de mon père. Et plusieurs autres ont suivi. Alors éteindre des feux bien plus métaphoriques ici me parait très calme en comparaison.

Je fais un à un tous les points sur la liste mentale que je me suis créée pour être certaine de ne rien oublier. Il y a des serviettes de bain propres en quantité, toutes bien rangées, les transats sont parfaitement alignés, il n'y a pas le moindre déchet ou papier gras qui traîne. Tout est prêt pour recevoir les clients.

Le barman va arriver dès l'ouverture de l'espace à dix heures. Celui qui travaille du lundi au mercredi n'est vraiment pas sympathique. C'est un saisonnier comme moi, qui essaye d'entrer dans la bande populaire de Logan, et il a décidé que la meilleure manière d'y arriver est de me traiter comme une moins que rien. Heureusement, je ne le vois que le mercredi car je ne travaille pas le lundi et mardi. Mais le barman qui travaille du jeudi au dimanche est bien plus gentil. Il a une trentaine d'années et il travaille au resort toute l'année, donc il n'est pas intéressé par les petites cliques qui se forment entre les adolescents qui ne sont là que pour l'été. Souvent, pendant mon service, il s'assure toujours que je boive assez d'eau pour ne pas me déshydrater sous le soleil de juillet, et quand il n'y a pas beaucoup de clients, il me glisse même un jus de fruit.

Le manager me rejoint alors que je jette un dernier coup d'œil à l'espace sous ma responsabilité pour m'assurer que tout est en ordre.

— Anna, vous avez vérifié que tous les transats sont propres ? Hier quelqu'un s'est plaint de taches à cause des oiseaux !

— Oui, j'ai donné un coup de brosse à ceux qui avaient quelques marques, et j'ai retiré un transat dont la toile a besoin d'être passée en machine. Je l'ai signalé à la lingerie qui a déjà envoyé quelqu'un pour venir s'en occuper.

— Et les serviettes ? La semaine dernière, quelqu'un disait qu'une serviette de bain blanche était bien trop salissante et embarrassante, et la semaine d'avant, quelqu'un d'autre disait que des serviettes de bain colorées cachaient une propreté douteuse.

— Selon vos instructions, nous avons maintenant un assortiment de serviettes blanches, pêche, ou ocres, selon les préférences de nos clients.

— Bien.

Venant de lui, ce simple mot est un beau compliment.

— Mme Fairweather aime se baigner dès qu'elle arrive. C'est sa manière de chasser les raideurs du voyage. M. Fairweather se mettra immédiatement au travail, il ne lève jamais le nez de ses investissements, même en vacances, mais assurez-vous de recevoir sa femme avec tous les égards. Je vous envoie le barman en avance pour être sûr que quelqu'un soit là pour la servir si elle arrive avant dix heures.

Je hoche la tête et je recommence une nouvelle fois tous les points de ma liste. Je veux que tout soit parfait. Soudain, le biper du manager sonne.

— Ils sont là. Préparez-vous.

Une fois seule, je prends quelques minutes pour vérifier une dernière fois autour du bar que tout est prêt. Aujourd'hui, c'est mercredi, et je n'ai pas la moindre confiance en la rigueur du barman qui travaille aujourd'hui. La porte menant à l'espace extérieur s'ouvre. Il doit être enfin arrivé. J'étais nerveuse que Mme Fairweather arrive avant lui, mais heureusement, le manager a dû s'assurer de sa diligence.

Soudain, j'entends un grand cri. Je me précipite, et je vois que ce n'est pas le barman qui est arrivé, mais Mme Faiweather. Malheureusement, un seau de ce qu'il semble être de la peinture bleue vient de se renverser sur sa tête. Il devait avoir été posé en équilibre sur la porte, comme dans les dessins animés. Ses cheveux, son visage, et ses épaules en sont complètement couverts, et la peinture dégouline tout le long de son corps et goutte par terre. C'est une catastrophe !

Mme Fairweather est absolument hystérique. Elle crie, pleure, et tape du pied, ouvrant la bouche et les yeux en grand comme si on essayait de la noyer. Je ne peux pas rester sans rien faire. Je cours chercher des serviettes pour l'aider à essuyer le gros de la peinture. En quelques secondes, le manager et une bonne douzaine d'employés sont réunis autour de nous dans la panique et le désordre. Ils volent comme des mouches autour de la scène, parlant les uns au-dessusdes autres, faisaient des suggestions et des exclamations inutiles. Bref, rien qui n'aide à mettre de l'ordre. Enfin, alors que j'essaye de retirer autant de peinture que possible des cheveux peroxydés de la cliente en pleurs, le manager envoie chacun faire quelque chose ou parler à quelqu'un.

Mme Fairweather est emmenée dans un endroit calme et privé afin qu'elle puisse se remettre de ses émotions. Mais à peine retrouve-t-elle l'usage de la parole qu'elle me pointe d'un doigt accusateur.

— C'est elle ! C'est elle qui a fait ça ! Je veux qu'elle soit virée sur le champ ! C'est comme ça que vos employés traitent vos clients ? Vous allez entendre parler de mes avocats, je vous le promets ! Je veux qu'elle soit virée ou je vais ruiner votre réputation !

Mon manager me regarde sans expression. Je ne sais pas s'il la croit ou pas. Moi, je ne dis rien. Si j'essaye de me défendre, ça ne fera qu'aggraver les choses. Dans cet état-là, un client, surtout un aussi fortuné que les Fairweather, qui ont l'habitude d'être obéis au doigt et à l'œil, n'est pas prêt à entendre raison. J'espère simplement que mon manager me donnera la chance de me défendre en privé.

Irritée que je ne sois pas déjà mise à la porte, Mme Fairweather redouble de venin.

— Qu'est-ce que vous attendez, une lettre officielle ? Puisque je vous dis que c'est elle ! Je l'ai vue sortir de derrière le bar où elle se cachait en attendant qu'une victime soit prise au piège. Il n'y avait personne d'autre. Ça ne peut être qu'elle !

Le bipeur du manager sonne. Quand il regarde le message, il fronce les sourcils. Du coin de l'œil, je vois qu'il s'agit du directeur. C'est vraiment sérieux si même lui s'en mêle. Quand il me regarde de nouveau, on dirait presque qu'il a l'air désolé, mais son visage est si sévère que c'est difficile à dire.

— Toutes nos excuses, Mme Fairweather. Je ne sais pas ce qui a pris à cette fille de faire une telle chose. Bien évidemment, elle est licenciée sur-le-champ. Nos clients sont notre plus grande priorité, et nous ne pouvons pas nous permettre d'être associés avec une personne qui fait de telles choses. C'est impensable pour nous. Elle ne trouvera plus jamais de travail dans notre resort.

J'ai envie de pleurer.

Non seulement je viens de perdre mon travail d'été, mais en plus je vais être blacklistée pour tous les étés à venir. Et comme les nouvelles voyagent vite dans cette industrie, je peux même dire adieu à l'espoir d'être embauchée dans un autre hôtel ou resort de la région. J'ai envie de me taper la tête contre le mur.

Le manager continue de cajoler sa cliente peinte en bleu.

— L'hôtel prendra bien entendu à sa charge tous les frais de nettoyage et de pressing pour cet incident, et nous vous offrons également un accès illimité à notre spa et nos esthéticiennes pour toute la durée de votre séjour.

Mme Fairweather se calme peu à peu. Son mari arrive alors, et elle se jette dans ses bras. Profitant du répit, le manager me fait alors rapidement sortir.

— Va à la sécurité, ils connaissent déjà la situation et ils t'indiqueront comment faire pour mettre fin à ton contrat.

Son visage est toujours aussi difficile à lire, mais j'ai l'impression qu'il ne me presse pas parce qu'il veut me virer rapidement, mais plutôt pour me soustraire à l'attention de clients puissants qui pourraient essayer de me rendre la vie dure. Le manager est exigeant, mais il n'a jamais été injuste et il n'a jamais abusé de son pouvoir sur nous. Je suis déçue de ne plus pouvoir travailler pour quelqu'un comme lui. J'ai l'impression que j'aurais pu apprendre beaucoup.

Mais maintenant, le problème n'est pas seulement que je n'apprendrai pas, mais aussi que je ne gagnerai pas d'argent cet été. Mes parents, qui ne savent ni ce que le travail, ni ce qu'épargner veut dire, n'ont pas mis le moindre argent de côté pour mes études. Si je veux aller au conservatoire, il faut que je me débrouille toute seule.

Je suis officiellement virée en moins de temps qu'il n'en faut pour le dire. Je rends mon badge, mon uniforme, je signe le document qui marque la fin de mon contrat, et je suis escortée jusqu'à mon véhicule par la sécurité qui veut s'assurer que je ne fais pas de scandale en partant. Il n'est même pas encore dix heures du matin.

Je m'assoie un moment dans ma voiture, le front contre le volant, essayant de réaliser ce qu'il vient de se passer. Après avoir travaillé si dur et ne m'être attirée aucun reproche en trois semaines, je me suis fait virer en quelques instants. Qui a bien pu mettre ce seau de peinture là ? Pourquoi est-ce que Mme Fairweather a été visée ? Est-ce que mon manager a vraiment cru que c'était ma faute ?

Mais tout ça n'a pas d'importance. La seule chose qui compte pour moi a présent est de me remettre à chercher du travail. La saison a déjà commencé et la plupart des jobs sont déjà pris. Mais je n'ai pas le choix. J'ai déjà dû me payer mon violon d'occasion moi-même, en mettant de côté tout l'argent que j'ai reçu de ma tante Nadia pour mes anniversaires depuis que j'ai dix ans, et tout l'argent de mes petits boulots depuis que j'ai treize ans. J'ai distribué le journal, promené des chiens, et tondu des pelouses tous les jours ou presque pour pouvoir m'offrir cet instrument. Et en échange d'une leçon par semaine, je fais les courses pour les parents âgés de ma professeure. Je ne reçois aucune aide financière de mes parents, qui sont bien incapable de s'aider eux-mêmes.

Mais c'est mon rêve de devenir musicienne depuis la toute première fois que j'ai entendu un violon pour la première fois. C'était la bande originale du film Le Regard d'Ulysse, et je me suis mise à pleurer de façon incontrôlable en l'entendant. Même aujourd'hui, dix ans plus tard, j'ai les larmes aux yeux quand j'entends cette musique. Mais pour devenir musicienne professionnelle, il me faut des leçons, de l'entraînement, un diplôme. Le conservatoire le plus prestigieux est Juilliard, mais très peu de personnes peuvent y rentrer. Je suis prête à m'estimer heureuse de rentrer dans n'importe quel conservatoire après le lycée. Malheureusement, ces études coûtent cher. Il faut donc impérativement que je retrouve du travail cet été.

Abattue, j'appelle ma tante Nadia. Elle est toujours là pour moi quand j'en ai besoin. Je ne sais pas ce que je ferais sans elle.

— Allô, Anna ? Qu'est-ce qu'il se passe ? Tu ne devrais pas être au travail ?

— Je devrais, oui, mais je n'ai plus de travail. J'ai été virée.

— Toi, virée ? Consciencieuse comme tu es ? Qui est le crétin qui a pris une telle décision ?

— C'est mon manager qui m'a virée, mais ce n'est pas entièrement de sa faute. Quelqu'un a fait une mauvaise blague qui a mal tourné, et une cliente richissime en a fait les frais. Comme j'étais la seule dans les parages à ce moment-là, elle a cru que c'était de ma faute, et elle a insisté pour que je sois virée.

— Depuis quand les clients s'occupent des ressources humaines ? Ils ne devraient pas avoir leur mot à dire sur qui est embauché ou viré, et ton manager aurait dû te défendre !

Nadia est très protectrice. Elle l'a toujours été. Elle a dix ans de moins que mes parents, et je la vois plus comme une grande sœur que comme une tante. Elle a une personnalité qui semble assez discrète au premier abord, mais elle est absolument féroce quand il s'agit de défendre les gens qu'elle aime. Je l'admire beaucoup.

— Il est manager toute l'année, et c'est une cliente très importante. Alors une petite saisonnière de rien du tout ne pèse pas grand-chose devant un portefeuille plein de millions. Les gens qui ont beaucoup d'argent font et obtiennent ce qu'ils veulent. C'est comme ça. Ainsi va le monde, et il n'est pas près de changer.

J'essaye de garder un ton léger, mais je sais bien qu'il y a de l'amertume dans ma voix. Je n'ai pas honte de venir d'une famille modeste. Il n'y a aucune honte à ça, l'argent ne détermine pas la valeur d'une personnalité, d'un cœur, ou d'une âme. Mais comme souvent, je suis déçue de voir à quel point l'argent domine le monde, et ceux qui en ont beaucoup s'en servent pour marcher sans vergogne sur ceux qui en ont peu.

Sentant mon abattement, ma tante n'insiste pas. Elle est douée d'une incroyable faculté de se mettre au diapason des émotions des autres. Je l'envie un peu. Je comprends mieux les sentiments de la musique que ceux des humains.

— Ce n'est pas grave, Anna, ma petite reine, tu trouveras un autre job. Viens à la maison, on va jouer de la musique ensemble. Je viens de changer les cordes de ma guitare, ce sera l'occasion de les essayer.

Nadia m'a donné la passion de la musique. Elle-même est une musicienne hors pair. Je l'ai entendue jouer depuis que je suis toute petite, et sa musique est la plus belle que j'aie jamais entendue. Elle sait me tirer des larmes et des éclats de rire dans une seule et même chanson. J'espère un jour pouvoir devenir aussi bonne qu'elle. Malheureusement, malgré son talent qui pourrait l'emmener très loin, elle est si loyale qu'elle refuse de quitter le groupe qu'elle a monté avec ses amis d'enfance et qui joue toujours les mêmes chansons depuis dix ans. Elle dit qu'elle est heureuse d'être maîtresse d'école maternelle la journée et de jouer de la musique avec ses amis le soir dans des bars. Elle se moque bien de la célébrité du moment qu'elle s'amuse et qu'elle arrive à subvenir à ses propres besoins. J'admire énormément sa philosophie de vie.

C'est grâce à elle que j'ai joué mes premiers accords, sur sa guitare, quand j'avais quatre ans. Les cordes vibrant sous mes doigts ont fait vibrer mon cœur en même temps, et depuis, c'est devenu mon grand amour. Il n'y a rien qui me donne autant de bonheur que la musique. Quand je joue de mon violon, j'oublie tout ce qui m'entoure, les difficultés de mon passé, de mon présent, et de mon avenir. Seule compte la mélodie. Et quand je joue avec Nadia, j'ai l'impression que nous jouons avec les mêmes mains et les mêmes cordes.

Soudain, j'ai un peu moins envie de me taper la tête contre le mur.

—J'arrive aussi vite que ma voiture peut m'amener.

Demain, je me remettrai à chercher du travail. Je chercherai à nouveau un moyen de gagner de l'argent, je m'inquiéterai de mon avenir, de la santé de mes parents qui ne savent pas prendre soin d'eux-mêmes, de nos difficultés financières, de mes notes au lycée, et de tout ce dont je m'inquiète tous les jours. Mais aujourd'hui, je joue de la musique avec ma tante.

— Sois prudente sur la route, ma petite reine. Et n'oublie pas, il ne peut pas pleuvoir tous les jours. Au bout d'un moment, le soleil se mettra à briller.

Je me mets en route avec mon premier sourire de la journée.

Chapitre 2

– Logan –

Je me lave les mains pour la énième fois aujourd'hui, mais la peinture ne s'en va toujours pas. Heureusement, les tâches sont autour de mon poignet, et mon uniforme a des manches longues. Je déteste cet uniforme, il me fait ressembler à un clown. Je ne comprends vraiment pas pourquoi mon père a insisté pour que je trouve ce boulot cet été. Il dit que c'est pour apprendre la valeur de l'argent, comme s'il pensait réellement que je n'ai pas réalisé qu'il n'est jamais à la maison à cause de son travail. Il est toujours en réunion, en rendez-vous, en déplacement. Pour lui parler, je dois presque prendre rendez-vous avec sa secrétaire. Comment peut-il s'imaginer que je ne sais ce qu'il en coûte de gagner autant d'argent ?

Je sais parfaitement qu'après le lycée je devrai aller dans la même université que lui, puis, en sortant de l'université, je devrai trouver un job dans la finance, sans doute chez un de ses partenaires, pour le satisfaire. Je travaillerai de longues heures et gagnerai des sommes exorbitantes. Mon chemin est déjà tout tracé pour moi. En attendant, je compte bien profiter des quelques années de liberté qu'il me reste.

Colin arrive dans les vestiaires tout essoufflé. C'est l'un de mes plus vieux amis et l'un des rares envers qui je n'ai pas le moindre doute. Ses parents sont presque aussi riches que les miens, donc je suis certain qu'il n'a pas essayé de gagner mon amitié simplement pour des avantages financiers.

—Yo, Logan ! La petite blonde s'est fait virer !

— Qui ?

— Tu sais, celle qui a les cheveux blancs.

—Neige ? Pourquoi elle s'est fait virer ? C'est une employée modèle.

Elle est tellement parfaite qu'elle m'énerve parfois. Même au lycée, elle a toujours les meilleures notes et les bonnes réponses à toutes les questions, et elle ne parle pratiquement à personne, comme si elle se croit supérieure aux autres. C'est sans doute une de ces filles perfectionniste et un peu névrosée qui veut être parfaite en tout pour faire plaisir à papa et maman. Quand je fais des blagues au lycée, je la vois souvent se détourner d'un air désapprobateur. Mais comme elle ne me fait pas la morale, ou encore pire, qu'elle n'essaye pas de devenir mon ami ou de me séduire parce que mes parents ont de l'argent, je me contente d'ignorer ses jolies lèvres pincées et ses sourcils clairs froncés.

—C'est la pintade Fairweather qui s'est pris le seau sur la tête, pas Ross comme on avait prévu, et elle a cru que c'était Neige parce qu'elle était dans les parages.

Pendant un moment, je ne sais pas quoi dire. Je n'aime pas du tout Ross, le barman qui travaille du lundi au mercredi à l'espace extérieur de l'hôtel. Il me tourne autour depuis le début de l'été parce qu'il sait que je viens d'une famille très aisée, mais je l'ai entendu parler avec un autre employé quand ils pensaient qu'ils étaient seuls, et il faisait déjà la liste de tout ce qu'il allait essayer de me faire acheter pour lui. Pour le punir de son insincérité, j'ai voulu lui faire une blague avec un seau de peinture, comme dans les dessins animés, mais c'est tombé sur la mauvaise personne. Dommage, ça aurait pu être drôle.

D'un autre côté, les Fairweather sont des connaissances de mes parents, mais pas vraiment des amis. Patrick a essayé plusieurs fois de tirer avantages des mouvements financiers de mon père, mais mon père n'est pas fâché par ces manœuvres parce que Patrick n'a jamais réussi à copier son talent. Et Evelyn, sa femme, a fait semblant d'être amie avec ma mère pendant de nombreuses années, arrivant même à se faire inviter à la réception annuelle que mes parents donnaient avant que ma mère ne tombe malade. Mais dès que ma mère a montré des signes d'une santé déclinante qui l'empêche d'être la première dame de leur cercle social, Evelyn s'en est allée voir où l'herbe pouvait être plus verte.

— Ce n'est pas plus mal que la greluche se soit pris la peinture sur la figure. Ça va peut-être lui dégonfler un peu l'ego, elle en a bien besoin. On trouvera autre chose pour Ross. Tu crois qu'il a peur des serpents ? Je sais où trouver une couleuvre. C'est pas venimeux, mais si on la met dans son casier, on peut lui coller une belle trouille.

Colin a un grand sourire. Il a le même sens de l'humour que moi.

— C'est une super idée. Je sais où est le double des clés pour les casiers. Il suffira qu'on arrive un peu en avance demain. Et pour Neige, on fait quoi ?

Je hausse les épaules.

— Qu'est-ce que tu veux qu'on fasse ? Elle est déjà virée, alors ça ne sert à rien qu'on se dénonce. Et puis, si je me fais virer aussi, je te parie que mon père me trouvera un job d'été bien pire, genre faire la plonge, ou même éboueur. Je suis sûr que Neige trouvera un autre job en deux temps trois mouvements, et elle sera parfaite à ce job aussi, et tout ira bien pour elle. Elle ne laissera pas un petit incident comme ça se mettre en travers de sa perfection, et elle sera la première de la classe jusqu'au bac, et elle aura un dossier parfait pour l'université. T'en fais pas.

A ce moment-là, je vois Cindy qui se dirige vers la réception, et j'oublie complètement mes plans de blague. Avec un look comme le sien, je ne suis pas surpris qu'elle ait été immédiatement placée à l'accueil des clients. Elle a des cheveux noirs qui lui tombent jusqu'au milieu du dos, un physique de bombe, et une façon de se déhancher en marchant qui hypnotise tous les hommes qui passent dans le lobby de l'hôtel. Sans surprise, elle gagne les plus gros pourboires de tous les saisonniers.

Je ne lui ai pas encore demandé de sortir avec moi, mais je sais que j'ai une chance. Cette coquine, elle me lance des clins d'œil à chaque fois qu'elle me voit. Colin et tous mes amis sont jaloux. Mon frère, à qui j'ai fait l'erreur de demander conseil, dit qu'elle n'est intéressée par moi que parce que ma famille est riche. C'est probable. Mais elle est tellement belle que je m'en moque. Les sentiments ne s'achètent pas, mais la compagnie d'une belle femme peut se négocier avec quelques billets. Les partenaires financiers de mon père sont très souvent accompagnés de femmes bien plus jeunes, qui échangent leur temps et leur image contre des bijoux, des vêtements luxueux, et des vacances exotiques.

Colin me pousse du coude.

— Tiens, voilà ta Vénus qui passe. Y'a pas à dire, ses parents ont fait du bon boulot quand ils l'ont faite. Elle a vraiment tout ce qu'il faut là où il faut. Je donnerais mon bras droit pour être avec une fille comme ça.

Je rigole.

— Moi, peut-être pas mon bras droit, mais une bonne partie de mon compte en banque.

— Ah ça, avec une bouche comme la sienne, c'est forcément une croqueuse de diamants. Mais tu peux te le permettre.

On rigole un peu fort. Cindy nous entend et se tourne vers nous. Quand elle m'aperçoit, elle me lance un clin d'œil avant de se remettre au travail.

Colin soupire.

—Elle te veut, mec ! T'as vraiment de la chance…

— Je sais, je sais. Allez, viens, nous aussi faut qu'on fasse semblant de bosser ou on va encore devoir écouter le manager nous parler de l'importance du travail d'équipe, et de la grande, belle, joyeuse famille que sont les employés du resort. Crois-moi, une famille n'est jamais belle ou joyeuse, quelle qu'en soit la taille ou le compte en banque.

Je l'entraîne avec moi pour trouver quelque chose à faire qui nous donne l'air d'être occupés sans qu'on ait vraiment à se fouler.

La journée passe aussi rapidement qu'un jour de travail ennuyeux peut l'être. Après le boulot, je prends mon temps pour déposer tous mes copains. Je n'ai pas envie d'être au travail au resort, mais je n'ai pas plus envie de rentrer chez moi. Quand enfin je me gare dans le garage du manoir qui peut facilement accueillir une demi-douzaine de voitures, je reste assis dans mon véhicule pendant un moment à écouter de la musique. Je sais ce qui m'attend à la maison, et je ne suis pas pressé.

J'aime notre garage. Mon père, qui ne s'intéresse pas du tout à la mécanique, s'en sert simplement pour y entreposer sa voiture, celle de mon frère, et la mienne. Mais il y a de l'espace, une très bonne ventilation, et un éclairage de qualité. Ce serait l'endroit parfait pour que je puisse travailler sur une moto.

Je suis passionné de moto depuis que j'ai douze ans, quand mon père m'a emmené à une exposition de voitures et motos vintage. Je n'ai jamais rien vu d'aussi beau que ces véhicules rutilants, comme neufs malgré leur âge, aux designs si distinctifs de leurs époques et de leurs créateurs. J'aime assez faire de la moto, explorer des voies aux vues exceptionnelles, et sentir le frisson de la vitesse sur des routes ouvertes. Mais ce qui me plaît encore plus est de comprendre comment elles marchent, et surtout, pourquoi elles ne marchent pas. En chercher la cause comme un détective, trouver une solution, sentir que je construis quelque chose de mes mains, que j'ai un effet positif, et enfin, entendre de nouveau ce bel engin ronronner, prêt à reprendre la route et à dévorer des kilomètres avec style et adresse. C'est mon rêve d'avoir mon propre garage et de réparer des motos vintage, de leur redonner vie pour qu'elles puissent continuer à être admirées sur la route, où est leur vraie place, pendant de longues années.

Mais je sais parfaitement que ça n'arrivera pas. Ce n'est pas du tout le chemin que mon père a décidé pour moi. Je pourrais essayer de me battre contre l'évidence, mais mon père obtient toujours ce qu'il veut. Je me suis déjà résolu à une vie de gros sous et de peu de passion dans la finance. Il y a des vies bien pires, je suppose, même si l'idée de devoir oublier ce que j'aime le plus faire me donne parfois des nœuds au ventre.

Enfin, je ne peux pas rester plus longtemps dans ma voiture. Ma mère a dû entendre le garage s'ouvrir et elle va commencer à se demander ce que je fais. Quand j'arrive dans le salon, tout est silencieux. Comme d'habitude. Rien ne bouge, pas un son. Tout est parfaitement organisé, rangé, et nettoyé par les trois femmes de ménage qui travaillent pour nous. La lumière se déverse à travers les hautes fenêtres, mais l'espace a l'air inhabité, comme un musée.

Je dépose mes affaires dans ma chambre avant d'aller voir ma mère. La porte de sa chambre est à peine entrouverte, laissant filtrer une lumière très faible. Une conversation discrète en sort, trop basse pour que j'en devine les mots. Je toque à la porte.

— Mère, c'est moi.

— Entre, Logan.

Sa voix est faible. Ça fait des années que je n'ai pas entendu d'énergie et de force dans sa voix.

Quand je pénètre dans la pièce, je vois une scène très familière. Ma mère, qui n'a jamais été très grande ou très grosse, et maintenant d'une minceur de sylphide, les joues creusées, et les clavicules saillantes. Elle est allongée, comme perdue dans le grand lit couvert de coussins pour son confort. La télé près du lit est allumée, passant une série romantique quelconque, mais le son est très bas. C'est la conversation que j'ai cru entendre devant la porte, car ça fait bien longtemps qu'elle n'a plus aucune visite. Elle qui était la reine du bal, une beauté pleine d'entrain et d'enthousiasme, elle ne veut pas qu'on la voie dans cet état. Alors il n'y a que nous, mon père, mon frère, et moi, qui avons le privilège de la voir s'étioler chaque jour un peu plus sous nos yeux.

Nous savons déjà qu'il n'y a plus de remède pour elle. Mais la voir s'affaiblir jour après jour, devenir l'ombre d'elle-même, en sachant que la fin, si elle se fait attendre, n'en est pas moins inexorable, me parait parfois pire que tout. Parfois, en secret, je me prends à souhaiter que la fin de ses souffrances arrive rapidement. Je ne veux pas que ma mère meure, évidemment. Mais ce qu'elle traverse, ce n'est pas une vie.

— Viens m'embrasser, mon fils.

Elle me sourit faiblement. Dans son visage, sous la souffrance et la maladie, il y a encore des traces de sa beauté.

— Oui, mère.

Je m'approche. Elle glisse sa main dans la mienne. Elle est si délicate que j'ai peur de l'écraser si je serre un peu trop fort. Je l'embrasse sur la joue en essayant d'y mettre tout l'amour que j'ai pour elle. Sa peau est fine et froide. J'entends à peine sa respiration.

— Tu as passé une bonne journée ?

— Oui, mère. J'ai croisé Evelyn Fairweather au resort aujourd'hui. Je crois qu'elle a décidé de se teindre les cheveux en bleu. Il parait que c'est la dernière mode.

Ma mère a un petit rire, suivi d'une quinte de toux.

—Quelle idée… Parfois, je suis contente de ne plus me préoccuper de la mode. Les tendances deviennent de plus en plus folles. Mais je suis sûre que ça n'a même pas fait lever le nez de ses comptes à Patrick. Evelyn pourrait s'habiller en flamand rose qu'il ne réagirait même pas.

— Curieusement, je crois que cette fois-ci, il a remarqué quelque chose.

Je raconte toujours des histoires légères à ma mère. Je ne veux pas qu'elle passe ses quelques instants éveillés à s'inquiéter de moi. Même si parfois, j'ai l'impression qu'elle voit à travers mon bravado.

— La Terre doit s'être arrêtée de tourner ! C'est bien comme ton père. Alexander ne remarquait jamais quand j'allais chez le coiffeur ou que je m'achetais une nouvelle tenue jusqu'à ce que j'attire son attention dessus. Ces hommes d'affaires ne voient que les chiffres. Mais toi, mon fils, mon beau garçon, tu ne seras pas comme ça, je le sais. Tu as de la passion au fond du cœur, et quand tu trouveras la bonne femme, tu n'auras d'yeux que pour elle.

Elle me caresse la joue, je sens à peine sa main sur mon visage. Je me sens ému et je change rapidement de sujet.

— Colin veut aller à l'université en Californie, mais ses parents veulent qu'il aille sur la côte est. Ils se disputent presque tous les jours à ce sujet.

— Ah, c'est ça les parents. Ils veulent le meilleur pour leurs enfants, même si leur opinion sur ce qui est le meilleur n'est pas partagé par leur progéniture.

— Je ne sais pas ce que les parents de Colin pensent être le meilleur, mais l'université en Californie est mieux cotée. Enfin, en tout cas, pour le programme que Colin veut faire.

— C'est toujours difficile de se dire que nos enfants grandissent et qu'ils peuvent prendre leurs propres décisions. Pour nous, vous serez toujours nos tout-petits.

Elle soupire et tourne les yeux vers la télé.

— J'aurais aimé te voir grandir, Logan. J'aurais aimé pouvoir un jour connaître l'homme que tu vas devenir.

Je ne peux rien répondre. En silence, nous regardons la série romantique. En un épisode, deux personnes sont assassinées, une autre se découvre un frère séparé à la naissance, et une dernière découvre que son mari a une autre famille cachée. Peu à peu, épuisée par notre conversation, ma mère s'endort. Je l'embrasse à nouveau et sors de sa chambre sur la pointe des pieds.

Pour essayer de chasser ma tristesse, je joue aux jeux vidéo, jusqu'au retour de mon père et de mon frère vers vingt-et-une heure. Frank accompagne souvent notre père au bureau ces derniers temps. Il a huit ans de plus que moi, et notre père le prépare à reprendre un jour les rênes de l'entreprise familiale.

Mon père jette un regard agacé à mon écran d'ordinateur, mais il ne s'arrête pas pour me faire la morale et se dirige directement vers la chambre de ma mère. Depuis que je suis tout petit, il a souvent été absent comme mari et comme père à cause de son travail. Pendant mon enfance, j'ai passé beaucoup plus de temps avec ma nourrice qu'avec lui, et je sais que ma mère a dû passer de nombreux anniversaires de mariage seule. Mais depuis qu'elle est tombée malade, il met un point d'honneur à lui parler au moins une fois par jour, en personne s'il est là, ou par téléphone quand il est en déplacement. Malgré tout, il n'a pas réduit ses heures de travail de beaucoup. Je crois qu'il ne saurait pas quoi faire de lui-même s'il avait ne serait-ce qu'un jour de congé.

Quand il ressort de la chambre, son visage est encore plus stoïque que d'habitude. Même s'il a toujours placé le travail au-dessus de la famille, je crois qu'il aime sincèrement ma mère. Mais les émotions n'aident pas les investissements, alors il se contente simplement de les ignorer et de se remettre au boulot.

La cuisinière annonce que le dîner est prêt, et nous nous mettons tous les trois à table. Nous échangeons peu de paroles, nous n'avons pas grand-chose à nous dire. Le repas est aussi bon que dans n'importe quel restaurant étoilé, comme d'habitude, mais je mange sans vraiment en profiter.

De temps en temps, mon père échange un mot avec Frank, toujours à propos du travail, évidemment. Il lui demande son opinion sur un investissement ou un autre, puis corrige son point de vue en lui expliquant pourquoi il a tort. Il semble que Frank n'a jamais la réponse attendue par mon père. Mon père n'a pas l'air déçu ou agacé. Il a l'habitude d'avoir raison. Je suis vraiment content de ne pas être considéré comme l'héritier de l'entreprise familiale. Ça me donne bien trop l'impression d'être à l'école avec un professeur qui sait déjà que son étudiant n'a pas la moindre chance de l'égaler et se contente d'un résultat acceptable au lieu de demander plus. Ce n'est pas un sentiment qui donne envie de se dépasser.

Enfin, quand mon père en a fini avec Frank, il se tourne vers moi.

— Comment s'est passé ta journée ? Tu as travaillé consciencieusement ? Tu as gagné des nouveaux contacts intéressants ?

J'ai envie de lui raconter ce que j'ai fait à Mme Fairweather, juste pour le mettre en colère, voir sa réaction. Mais j'y renonce aussitôt que j'y pense. Je n'obtiendrais probablement qu'un autre discours sur l'importance de faire passer le travail avant mon amusement, ou quoi que ce soit d'autre. Après tout, rien ne compte plus que le travail.

— Non, père, pas de nouveaux contacts. Les Fairweather sont arrivés au resort, mais je n'ai pas eu l'occasion de les saluer.

Mon père continue de manger.

— Patrick n'a pas ma confiance, mais c'est quand même un contact utile. Salue-les demain. Beaucoup de gens d'influence viennent au resort où tu travailles. Saisis l'opportunité et fais-toi plus de contacts. Ce sera utile pour ta carrière.

Je n'arrive pas à me retenir de faire une remarque pour tester sa réaction.

— C'est pour ça que tu me fais travailler au resort cet été ? Pour que je me fasse un réseau ?

Mon père me jette un coup d'œil, mais c'est la seule chose qui m'indique qu'il n'est pas satisfait de ma question.

— Je te fais travailler cet été parce que tu as besoin d'apprendre l'éthique professionnelle. J'ai choisi le resort plutôt qu'un restaurant ou un hôtel quelconque pour faire d'une pierre deux coups. Tu ne trouveras des opportunités que si tu les cherches.

Il désigne mon frère du menton.

— Frank est doué pour voir une personne susceptible de devenir un client, un partenaire financier, ou un atout talent pour l'entreprise. Il a encore du mal à trouver les bons investissements, mais il sait lire les gens. C'est très utile. Il faut savoir s'entourer, à la fois dans son travail comme dans sa vie privée. On doit choisir ses amis avec autant de soin et de rigueur que ses employés ou ses clients.

Il pose la main sur l'épaule de Frank qui me lance un regard satisfait. Il aime profiter de toutes les occasions pour me rappeler qu'il est le favori de notre père, l'héritier, le futur de la famille. Je suis né huit ans après lui, et il n'a toujours pas digéré le fait qu'il n'est plus fils unique. Alors s'il ne peut pas être le seul enfant, il est bien décidé à être le seul qui compte.

Mon père continue.

— Si tu veux avoir une grande carrière, suis l'exemple de ton frère. Travaille dur, reconnais le talent, trouve les opportunités. Tu ne pourras pas te tromper si tu fais comme Frank.

Mon frère, très fier de lui, essaye de me mettre un coup de pied sous la table, mais je l'ai vu venir et je relève les jambes. Il n'arrive qu'à mettre un coup au pied de ma chaise. Frank est arrogant, pompeux, et pense que le monde tourne autour de lui, mais il a peu de subtilité dans sa mesquinerie. Il sait peut-être lire les gens au travail, mais il n'a du succès avec les filles que grâce à son compte en banque et à son nom de famille. Je ne crois pas qu'il ait beaucoup de cœur. Il n'est pas allé rendre visite à notre mère depuis des semaines. C'est comme si elle était déjà morte pour lui, comme si elle ne comptait pas parce qu'elle ne peut pas l'aider à avancer dans sa carrière. Ça ne me ferait rien si je ne savais pas que son absence fait de la peine à ma mère.

Fatigué que notre repas de famille ressemble à un dîner d'affaires, je me lève.

—J'ai fini de manger, père. Je vais dans ma chambre, je dois commencer le travail tôt demain.

Je sais que c'est une excuse qui me permettra de m'échapper sans encombre. Mon père hoche simplement la tête et reprend sa conversation financière avec mon frère. Je retourne dans ma chambre, mais je ne vais pas me coucher. J'ai bien trop à faire. Il faut que je m'assure que Colin puisse mettre la main sur le double des clés demain, et j'ai encore une couleuvre à attraper.

Chapitre 3

– Logan –

Dix ans plus tard

J'arrive au travail à neuf heures avec la plus grosse gueule de bois que j'aie jamais eue. Chaque pas est une souffrance et la lumière me poignarde les yeux. C'est un soulagement d'échapper au soleil d'un matin de mai new-yorkais en entrant dans le gratte-ciel où se trouve l'entreprise d'investissement pour laquelle je travaille. Sous les lumières artificielles du lobby, j'arrive enfin à ouvrir les yeux pour la première fois depuis que je suis parti de chez moi ce matin. L'ascenseur sonne pour annoncer son arrivée – je ne me souviens pas avoir entendu des cloches sonner aussi fort depuis l'enterrement de ma mère sept ans plus tôt. Je me laisse entraîner par le flot d'employés qui se rendent dans les différents étages de l'immeuble. Mon employeur est situé tout en haut. D'habitude, j'aime profiter de la vue qui surplombe Manhattan, mais aujourd'hui, le mouvement vertical de l'ascenseur me donne envie de vomir.

Quand enfin j'arrive à me traîner jusqu'à mon bureau, je demande immédiatement à ma secrétaire de m'apporter une tasse de café bien forte. Je la bénis presque quand elle m'en apporte non pas une, mais deux, tout de suite. Ce n'est pas la première fois que j'arrive au boulot avec la gueule de bois, et elle a toujours du café prêt pour moi le matin.

Elle me parle presque en chuchotant pour épargner mes maux de tête.

— Quand j'ai entendu que vous sortiez avec vos collègues hier soir, j'ai déplacé tous vos rendez-vous de la journée à la semaine prochaine, et j'ai fait savoir que vous ne devez pas être dérangé parce que vous travaillez sur un gros dossier.

— Si le boss voit que je ne travaille pas vraiment sur un gros dossier, il va me lyncher.

— Le boss n'est même pas encore arrivé, donc je suppose qu'il n'est pas dans un meilleur état que vous. Et la notion de travailler sur un gros dossier peut être flexible. Vous devez envoyer un email pour confirmer le transfert du nouveau client vers votre portfolio. C'est un compte qui se chiffre dans les millions. Donc au final, vous travaillez bien sur un gros dossier.

—Marisse, je ne sais pas ce que je ferais sans toi.

Marisse est une femme de quarante-cinq ans qui a commencé comme secrétaire dès la fin de ses études. Elle s'est montrée particulièrement douée, et ça fait vingt ans qu'elle est secrétaire de cadre. C'est l'une des rares personnes pour qui j'ai un véritable respect professionnel. Elle a une éthique, une diligence, et une présentation irréprochables. Contrairement à bon nombre de mes collègues, et peut-être à moi aussi, elle mérite véritablement sa place, et sans doute plus.

A travers la porte entrouverte de mon bureau, je vois passer Bill, un de mes collègues. Il porte des lunettes de soleil, même à l'intérieur, parce qu'il a sans doute autant la gueule de bois que moi. Hier soir, nous avons accompagné notre boss Cameron pour une visite à son strip-club préféré. Cameron est marié depuis six ans, mais il visite ce club au moins une fois par semaine depuis bien plus longtemps, et il n'est pas prêt de changer ses habitudes simplement parce qu'il a la bague au doigt. Il a sa danseuse préférée, Strawberry, qui lui fait sa « spéciale » à chaque fois pendant ses visites. Mais du moment qu'on ne touche pas à son train de vie, la femme de Cameron se moque bien de ses activités extra-conjugales.

Hier soir, Cameron voulait célébrer un de mes investissements qui a eu un retour très prolifique. C'était un investissement risqué, que je n'ai obtenu le droit de faire qu'après avoir convaincu tous mes boss un par un jusqu'au sommet. Ça m'a coûté bien plus de réunions, d'emails, et de déjeuners d'affaires que je ne l'aurais cru possible. Mais ça a marché. Mon instinct m'a dit d'investir, et j'écoute toujours mon instinct. Grâce à ça, l'entreprise a gagné des millions en plus, et nous avons pris tous nos concurrents par surprise.

Après avoir bu plusieurs verres dans notre bar habituel, Cameron m'a entraîné, moi et cinq de mes collègues, au strip-club, où nous sommes restés à boire et à regarder les filles danser et se déshabiller jusqu'au petit matin. Pour la morale, je pourrais dire que je me suis senti forcé d'y aller avec eux parce que c'est mon boss et que je ne veux pas passer pour un rabat-joie auprès de ceux avec qui je travaille. Mais pour être honnête, j'y suis allé sans la moindre hésitation. J'aime boire de l'alcool jusqu'à ce que la tête m'en tourne et regarder ces filles superbes danser et se déhancher pour moi. Après tout, c'est normal qu'un groupe d'hommes, pour la plupart célibataires, qui travaillent constamment sous une pression immense et jonglent avec des millions au quotidien, aient envie de se détendre d'une manière aussi extravagante qu'ils vivent.

Je tape l'unique email de la journée. Le compte que je m'apprête à récupérer promet d'être très juteux, et je ne veux pas le rater. L'investisseur qui devait s'en occuper vient de quitter l'entreprise. Officiellement, c'est pour passer plus de temps avec sa famille, mais nous savons tous que la véritable raison est qu'il part en rehab pour alcoolisme. Certaines personnes craquent sous la pression du job et se laisse aspirer par le style de vie très particulier de cette industrie. C'est important de garder le contrôle. Bien que, ce matin, ma gueule de bois me rappelle de ne pas juger les autres trop sévèrement. Chaque clic du clavier est insupportable, mais j'arrive enfin à envoyer l'email. Puis je pose les pieds sur mon bureau, je renverse le dossier de la chaise, et je ferme les yeux.

Je dois m'assoupir un moment, car je suis réveillé par Marisse qui m'apporte deux tasses de café supplémentaires. Je la bénis de nouveau et les bois rapidement, me brûlant la langue. Mais ma bouche échaudée est très loin d'être aussi douloureuse que ma tête. La nouvelle dose de caféine me donne un coup de fouet, m'offrant juste assez d'énergie pour faire semblant d'organiser mes dossiers pendant une petite heure. Une cinquième tasse à onze heures m'aide à rester éveillé un peu plus longtemps, mais je commence à sentir mon cœur palpiter et mon corps perdre la bataille contre la fatigue.

A midi, Marisse m'apporte une sixième tasse avec un air désapprobateur, qui me rappelle une jolie fille avec qui j'étais au lycée. Je ne me souviens plus de son nom… Mais l'effet est le même : je me sens coupable, parce que je sais que la situation dans laquelle je me trouve est de ma faute, pourtant, ma colère se tourne plutôt vers elle parce qu'il est difficile de voir ses propres fautes exposées aux yeux des autres. Mais avant que je ne puisse dire quoi que ce soit à Marisse, mon boss, qui vient juste d'arriver au travail, entre dans mon bureau.

—T'as l'air d'un chat passé sous une voiture, Carter. Ce n'est quand même pas notre soirée d'hier qui t'a mis dans cet état ? Je ne pensais pas que tu étais une petite nature !

Il a l'air bien plus en forme et alerte qu'il ne devrait l'être. J'ai beaucoup trop bu hier, pourtant, il a dû boire au moins deux fois plus que moi. Mais c'est un secret de polichinelle que Cameron utilise des narcotiques pour l'aider à maintenir son style de vie. Personne ne peut passer quatorze heures par jour au travail, faire la fête jusqu'au lever du soleil, et recommencer le jour suivant sans un coup de pouce chimique. Même la direction est au courant, mais tant que Cameron rapporte de l'argent à l'entreprise sans créer de scandale majeur, nos boss n'y trouvent rien à redire.

— Non, c'est pas à cause d'hier. Je pense que je suis en train de tomber malade. Les enfants de Roznik ont la grippe, je suis sûr qu'il me l'a refilée.

— C'est pas le moment ! Prends une demi-journée, rentre te reposer. Je te veux en forme pour ce week-end. Vegas, baby ! Yeahhh !

Tous les trimestres, l'entreprise organise un week-end à Las Vegas pour les employés qui ont fait gagner le plus d'argent à l'entreprise. Officiellement, cette récompense est une occasion pour les employés de resserrer les liens, d'échanger des contacts et des conseils, et d'apprendre les uns des autres pour devenir encore plus rentables. En réalité, ça se transforme en une bringue éhontée de deux jours tous frais payés.

Je travaille depuis cinq ans dans cette entreprise, et je suis sur la liste des meilleurs investisseurs depuis la seconde moitié de ma deuxième année ici. C'est donc très loin d'être mon premier voyage à Las Vegas. Pourtant, chacun de ces week-ends est plus fou que le précédent. L'année dernière, un de nos collègue s'est marié avec une inconnue qui était sans doute une prostituée, et n'en a eu aucun souvenir le lendemain. Quand il a réalisé ce qu'il avait fait, il a passé des mois à faire annuler le mariage. Pendant le voyage suivant, un autre collègue a perdu sa voiture dans un jeu de poker qui n'était probablement pas du tout légal, puis il a été menacé par un homme plus que douteux qui organisait des combats de boxe clandestins, et enfin, il a gagné un bateau dans un casino.

Moi, je suis presque considéré comme trop raisonnable, parce que je ne parie que ce que je peux me permettre de perdre, même si ce sont de très grosses sommes pour la plupart des gens, et que je me contente de coucher avec des strip-teaseuses plutôt que d'épouser des prostitués. Mais comme j'ai beaucoup de succès, à la fois au jeu et avec les femmes, et que je peux boire plus que n'importe qui à part Cameron, mes collègues passent l'éponge.

— Allez, rentre chez toi, Carter. Demain, on va mettre le feu à Las Vegas, et moi, je n'attends pas les traînards. Grippe ou pas grippe, je compte sur toi pour être mon bras droit tout le week-end. Tu attires les femmes comme des mouches autour du miel, tu es bien trop utile pour qu'on se passe de toi !

Je ris en haussant les épaules d'un air modeste. Le mouvement me donne l'impression que ma tête va éclater, mais je ne veux pas perdre la face devant Cameron.

— Il suffit de savoir y faire avec elles. Tout est dans le sourire… et le porte-monnaie !

Cameron éclate d'un rire tonitruant et me donne une bonne bourrade dans l'épaule. Ma tête est si douloureuse que j'ai envie de vomir. Heureusement, il sort rapidement de mon bureau. Le temps que je dompte cette envie de rendre tous les excès de la veille sur le beau tapis qui décore mon bureau, Marisse attend déjà devant la porte avec ma veste et ma mallette.

— Ah, mon ange gardien ! Tu peux prendre ta demi-journée aussi, je ne travaillerai pas aujourd'hui, même de chez moi. Profite bien de ton week-end.

— Vous aussi. Essayez peut-être de ne pas arriver lundi dans le même état qu'aujourd'hui.

Elle a de nouveau ce regard désapprobateur qui me rappelle cette fille au lycée. C'est étrange, c'est la deuxième fois en une journée que je pense à elle, alors que je ne pense pratiquement jamais à tout ce qu'il s'est passé avant la mort de ma mère. J'ai enterré mon passé en même temps qu'elle. Je suis devenu un investisseur qui travaille de longues heures et gagne beaucoup d'argent, comme on l'a toujours attendu de moi. Je ne me rappelle ni du nom, ni du visage de cette fille. Je ne me rappelle que de son regard qui, contrairement à toutes les autres filles du lycée, n'était ni aguicheur, ni admiratif.

Je mets cette pensée de côté, salue Marisse, et quitte le bureau. Je ne sais pas trop comment je rentre chez moi, mais dès que j'arrive, je m'effondre sur mon lit et je m'endors aussi sec. Je n'ouvre pas les yeux avant dix-huit heures. Quand je me réveille, je réalise que j'ai transpiré en dormant dans mon costume sur mesure. Le pressing saura bien enlever les marques.

Je me lève pour manger un morceau, boire beaucoup d'eau, et prendre une douche. Mon mal de tête a presque disparu, mais je me sens toujours un peu froissé comme une vieille feuille de papier. J'ai encore besoin d'une bonne nuit de sommeil si je veux être au mieux pour me mettre de nouveau au pire ce week-end.

Quand je jette un coup d'œil à mon portable, je vois que mon père a essayé de m'appeler. J'étais si épuisé que la sonnerie ne m'a même pas réveillé. J'écoute son message sans grande anticipation.

— Allô, Logan. Rappelle-moi dès que tu as une pause au travail, j'ai quelque chose d'important à t'annoncer.

Je repose mon téléphone sans retenir mon souffle. Il a dû faire un autre investissement qui lui a rapporté gros. Les rares fois où il prend la peine de m'appeler, c'est pour me parler de travail. Enfin, jusqu'à il y a quelques mois. Récemment, ses appels ont pris une tournure un peu plus personnelle. Il ne me demande plus simplement comment ça se passe au travail. Il me demande comment je vais. Je lui réponds, évidemment, du mieux que je peux. Mais je ne sais pas quoi lui dire quand il me contacte. Je n'ai jamais rien partagé avec lui, à part l'avancée de ma carrière.

Je repose mon portable et je retourne me coucher.

Ça lui a pris vingt-sept ans pour commencer à remarquer que j'étais son fils, et non juste un de ses employés. Son annonce peut donc bien attendre que je revienne de mon week-end à Las Vegas.

En quelques minutes, je me rendors.

Chapitre 4

– Anna –

Quand je rentre enfin chez moi après le service de midi, je ne sens plus mes pieds. Le beau temps du mois de juin amène de plus en plus de touristes, et j'ai dû courir d'une table à l'autre de onze heures à seize heures. Même si je porte des chaussures confortables, c'est épuisant. Heureusement, quelques-uns des clients m'ont donné des pourboires assez généreux. Ce mois-ci je vais peut-être arriver à joindre les deux bouts. Ça fait un moment que je n'ai pas mangé autre chose que des pâtes à la sauce tomate ou de la purée en sachet.

J'ouvre le lit-canapé poussé entre l'espace salle de bain et le coin cuisine de mon studio. Il y a à peine la place de le mettre là, mais il n'y a pas du tout la place de le mettre ailleurs. Le reste de mon studio est un petit placard où je range les vêtements que j'achète dans les friperies bon marché, et juste assez de place pour que la porte d'entrée puisse s'ouvrir.

Je pousse un soupir de soulagement quand je m'allonge enfin. Trop tard, je me rends compte que je n'ai pas enlevé mon uniforme. Mais il n'y a que le temps pour que cette pensée me traverse l'esprit avant que je ne m'endorme.

Lorsque le réveil sonne, j'ai l'impression que je viens tout juste de fermer les yeux. Pourtant, je vois que j'ai dormi quatre heures pleines. Je devrais en être reconnaissante, je n'ai pas souvent l'occasion de dormir autant d'heures à la suite. Mais je suis trop fatiguée pour y penser.

Je prends une douche rapide – je n'ai pas le loisir d'en profiter trop longtemps. Puis j'enfile l'uniforme de mon second job, celui de gardienne de parking de nuit. Mon boulot de serveuse au restaurant ne me donne pas assez d'heures pour gagner l'argent dont j'ai besoin tous les mois. J'ai donc deux autres emplois à temps partiel. Je suis serveuse pour le service du midi dans un restaurant du quartier des affaires de lundi à vendredi, je suis gardienne de parking de nuit de mercredi à samedi soir, et je suis caissière au cinéma du coin le samedi et le dimanche. En tout j'arrive généralement à travailler soixante heures par semaine. Souvent, c'est à peine suffisant, mais je n'arrive pas à avoir plus d'heures. Je suis fatiguée tous les jours. Il n'y a que le dimanche soir que je peux faire une nuit complète, mais c'est aussi le seul moment où je peux rendre visite à mes parents. Avec la santé déclinante de mon père, j'y vais aussi souvent que possible.

Je finis de me changer en vitesse. Je n'ai encore jamais été en retard au travail, et je n'ai pas l'intention de commencer aujourd'hui. J'attrape mon portable posé sur la petite table pliable qui me sert de table à manger, de bureau, et de table de chevet. Par erreur, je la bouscule, et des stylos, crayons, gommes, cuillères, gobelets en plastique, et tout ce que j'entrepose sur ce petit meuble, pleuvent sur le sol. Je les ressemble à la hâte sans prendre le temps de les organiser. Certains ont roulé sous le canapé-lit.

Je tâtonne pour les récupérer, mais ma main heurte une forme à la fois familière et lointaine. Je n'ai même pas besoin de regarder ce que c'est pour savoir. Je connais le toucher de l'étui de mon violon par cœur. Même si je n'en ai pas joué depuis plusieurs années, la sensation me serre le cœur.

Après le lycée, j'ai été prise au Lamont School of Music à Denvers, dans le Colorado. Je rêvais d'aller à Juilliard, comme tous les musiciens aspirants du pays, mais les études là-bas sont si compétitives qu'il est impossible d'avoir un job d'étudiant à côté. Il faut donner son entière attention à la musique quand on étudie à Juilliard. Mais mes finances ne m'auraient pas permis d'étudier sans travailler. Quand j'ai reçu la lettre d'acceptation de Lamont, qui est une très bonne école, j'ai cru que mon cœur allait exploser de joie. C'était une chance exceptionnelle. J'ai fait mes bagages et je suis partie pour Denvers avec de grands espoirs. Je voulais devenir musicienne professionnelle depuis que j'ai touché mon premier violon, et j'étais enfin sur la bonne voie. Du moins, je l'ai cru à ce moment-là.

J'ai savouré les premières semaines à Lamont, à jouer du violon tous les jours, à être guidée par des professeurs de talent et de savoir, à être entourée de camarades de classe aussi passionnés que moi. Je me suis laissé croire que j'allais enfin pouvoir accomplir tout ce dont j'avais rêvé depuis mon enfance. Mais au milieu de mon premier semestre, mon père a eu un malaise et a dû être transporté à l'hôpital. C'est alors qu'il a appris qu'il avait développé du diabète. Malheureusement, l'insuline coûte très cher et mes parents n'avaient pas eu d'emploi régulier depuis des années. Ma mère a réussi à trouver un emploi de vendeuse dans un magasin d'herbes médicinales et de cristaux, mais ça ne suffisait pas. J'ai alors dû rentrer à Colorado Springs pour me mettre à travailler à temps plein pour aider mes parents à gagner assez d'argent pour les médicaments de mon père. Sans diplôme ou connexions, je n'ai trouvé que des jobs à temps partiels.

Ça fait maintenant huit ans que trois emplois rythment ma vie. Je travaille au restaurant et au cinéma depuis le début. Le job de gardienne de parking est plus nouveau, ça fait seulement deux ans. Auparavant, je travaillais comme serveuse dans un strip-club. Les pourboires étaient excellents et les danseuses étaient très sympas, mais les clients étaient horribles. Je ne compte plus le nombre de fois où on m'a demandé de danser en privé, fait des propositions indécentes, ou touché de manière inapproprié. Moi, et toutes les femmes qui travaillaient ici. J'ai pris les clients de strip-club en horreur. La sécurité du club était efficace et n'hésitait pas à jeter dehors les hommes qui prenaient des libertés, mais ça ne changeait pas le fait que j'étais insultée et tripotée. J'ai duré six ans avant de jeter enfin l'éponge. Le job de gardienne de parking ne me donne pas de pourboires, mais au moins j'ai l'intégrité de mon corps.

Je repousse l'étui de mon violon plus loin sous le canapé-lit. Penser à ce qui aurait pu être me serre trop le cœur. Alors je repousse le violon autant que je repousse mes sentiments. Je préfère complètement oublier le violon. Après tout, je n'ai aucune chance d'en faire un jour ma vie. Je dois oublier mes rêves chimériques si je veux pouvoir être contente de ma vie réelle. J'aide mon père à obtenir les médicaments dont il a besoin pour vivre. C'est un but honorable. Quand je me sens fatiguée ou que je ne vois pas de fin à ces longues journées de travail, je me rappelle pourquoi je fais ça, et le poids me paraît un peu plus léger. Mon violon est simplement une aiguille qui pique la faiblesse dans mon armure à chaque fois qu'il se rappelle à moi. Une fois toutes mes affaires ramassées, j'attrape mon sac et je quitte mon studio pour aller au travail.

Je ne rentre pas avant six heures et demie du matin. Ça ne me laisse que quelques heures pour dormir, aussi je fais une toilette de chat, je grignote rapidement, et je vais me coucher immédiatement.

Tout à coup, je suis tirée de mon sommeil par mon téléphone qui sonne. J'envisage un moment de refuser l'appel pour me rendormir immédiatement, jusqu'à ce que je remarque le nom qui s'affiche sur l'écran.

— Allô, Nadia ?

Je ne pourrai jamais refuser un appel de ma tante. Sans son soutien moral et émotionnel, je ne sais pas si j'arriverais à tenir.

— Allô ! Je te réveille, ma petite reine ? Je suis tellement désolée. Je sais que tu n'as pas beaucoup d'heures pour dormir, mais je ne pouvais pas attendre de t'annoncer la nouvelle !

Sa voix est si pleine d'excitation qu'elle m'en communique une partie. Soudain plus réveillée, je m'assoie dans mon lit.

— Ne t'inquiète pas, j'étais sur le point de me lever pour me préparer pour le travail. Dis-moi tout, je t'écoute.

C'est un mensonge, bien sûr. Il me reste encore une heure et demie avant que mon réveil ne sonne, mais je ne veux pas gâcher son enthousiasme évident avec un détail comme ça.

— Ma petite reine, tu ne vas pas en croire tes oreilles. Même moi, j'ai du mal à y croire. Ohlala, tu n'imagines même pas ! Attend que tu saches... Quelle folie, quel bonheur !

Elle est si excitée qu'elle a du mal à trouver ses mots. Je commence à trépigner dans mon lit.

— Anna, je suis fiancée ! Je vais me marier !

La nouvelle me fait l'effet d'un feu d'artifice. Je bondis hors du lit. Son bonheur me donne une joie immense. Nadia ne s'est jamais mariée. Elle n'a jamais trouvé la personne qui lui donnerait envie de se lancer dans l'aventure. Jusqu'à présent. Je sais qu'elle avait abandonné espoir à l'approche de la quarantaine. Mais il semble que l'amour soit enfin arrivé pour elle. Une personne aussi aimante qu'elle aurait mérité d'être aimée comme il se doit depuis des années, mais je suis si contente que quelqu'un ait enfin ouvert les yeux et remarqué la valeur de cette femme remarquable.

— Félicitations ! Oh, mon Dieu ! Je suis si heureuse pour toi !

Je me mets à sautiller sur place, incapable de contenir mon euphorie. Je suis tellement pleine d'émotions qu'elles ont besoin de s'exprimer physiquement pour éviter que j'explose.

—Raconte-moi tout ! Qui, où, quand, comment ?

Je sais qu'elle voit quelqu'un depuis quelques mois, mais je ne sais presque rien de lui. Nadia est très réservée. Je n'ai connu qu'un ou deux de ses petits amis passés, elle ne me les a présentés qu'après presque un an de relation. Mais cette fois, je veux tout savoir de son fiancé !

Elle semble hésiter un petit peu, mais elle est entraînée par sa propre joie.

— Alexander est un homme formidable. Il m'a fait sa demande hier soir... Dans une montgolfière, si tu peux imaginer ça ! Il est plus âgé que moi, mais ça lui donne une maturité et une stabilité qui me rassurent. C'est dur de se lancer dans le mariage à mon âge, tu sais, mais il me fait toujours me sentir bien. Il est veuf, pauvre homme. Sa femme est morte de maladie il y a sept ans. Il a mis du temps à se remettre, ce qui me rassure aussi. J'aurais été bien plus inquiète s'il avait oublié sa femme immédiatement après l'enterrement, j'aurais craint qu'il soit froid. Mais c'est tout l'inverse. Il est vraiment adorable. Il sait me faire sourire, il est amusant, et il est incroyablement bel homme. Sérieusement je n'ai jamais rencontré un homme comme lui ! J'ai hâte que tu le rencontres, Anna. Je suis sûre que vous vous entendrez super bien. Vous êtes mes deux personnes préférées au monde, après tout, alors il faut que vous deveniez amis.

Sa description me fait chaud au cœur. Elle ne peut pas tarir d'éloges sur lui. Je sens bien dans chacun de ses mots combien il est important pour elle. Je l'ai rarement entendue aussi joyeuse.

— J'ai hâte de le rencontrer alors ! Et je te promets que je ferais de mon mieux pour qu'il m'apprécie.

— Sois juste toi-même. Tu es tellement adorable qu'il va fondre. Il a deux fils autour de ton âge, mais il n'a pas de fille. Peut-être que tu deviendras celle qu'il n'a jamais eue. Tu sais que tu es comme ma fille, ma petite sœur, ma filleule. Il t'aimera pareil.

— Et je l'aimerai aussi. S'il te rend si heureuse, alors je ne peux que l'aimer. Tu as été là pour moi toute ma vie, je ne pourrais jamais te remercier assez. Tu mérites d'être heureuse et aimée tous les jours. Vous avez déjà prévu une date et un lieu ?

— C'est là que ça devient vraiment fou. On aimerait se marier cet été, dans sa propriété à Colorado Springs. Dans deux mois !

— Deux mois ? Ça ne te laisse pas beaucoup de temps pour tout préparer.

— C'est vrai…

Je n'ai même pas besoin de réfléchir à mes mots suivants.

— Ne t'inquiète pas, Nadia, je t'aiderai ! Dis-moi simplement ce dont tu as besoin.

— Anna, je ne peux pas te demander de faire ça. Tu travailles déjà tellement ! Tu as besoin de dormir, de manger, et de prendre une pause de temps en temps, quand même. Tu vas finir par mourir d'épuisement si tu continues !

— Non, pas du tout. J'arrive à dormir presque sept heures par jour, c'est largement suffisant. Maintenant, j'ai des horaires réguliers, donc j'arrive à m'organiser. Nadia, tu as tout fait pour moi depuis que je suis toute petite. Laisse-moi te rendre une fraction de ça, s'il-te-plaît !

Je sens son hésitation au bout du fil. Après un moment, elle cède enfin.

— Bon d'accord. Alexander veut demander de l'aide à son fils, celui qui est encore aux Etats-Unis. L'autre est à Londres et ne lui parle presque plus, pour une raison ou pour une autre. Mais ce serait bien si vous travailliez ensemble. Mais fais attention à ne pas trop en faire. En tout cas, n'en fais pas plus que tu ne le peux. Je ne veux pas que tu te ruines la santé pour moi.

—Je te promets d'être raisonnable. Autant que je sais l'être, en tout cas. Nadia, je suis si heureuse pour toi. Tu vas te marier !

—Eh oui ! Comme quoi, l'amour frappe vraiment quand on s'y attend le moins…

Chapitre 5

– Logan –

Je rentre de Las Vegas tard dimanche soir. Il est au moins vingt-trois heures quand j'arrive enfin chez moi. J'aurais sans doute dû prendre un avion plus tôt pour avoir une bonne nuit de sommeil avant d'attaquer tous mes rendez-vous de lundi, mais je m'amusais bien trop pour couper court à mon séjour.

Les vêtements que je porte sont fripés et défraîchis, comme s'ils avaient passé plusieurs jours roulés en boule au fond d'une valise. Je n'en ai pas changé de tout le week-end, j'étais bien trop occupé à faire la fête. J'ai une barbe de trois jours et des cercles bleus sous les yeux. J'ai vraiment l'air débraillé et négligé, j'ai besoin d'une bonne douche et de douze heures de sommeil, mais j'ai le sourire aux lèvres. En peu de temps, j'ai fait plus de choses que certaines personnes n'en font en un an ou même deux. J'ai vu deux revues burlesques, un show de stand-up comédie, et le Cirque du Soleil, parié des milliers de dollars, couché avec une mannequin assez connue que j'avais rencontré à la table de blackjack, été hypnotisé lors d'un show de magie, survolé la ville et le Grand Canyon en hélicoptère avec une pilote sublime qui m'a fait faire un tour très privé du cockpit après l'atterrissage, fumé des cigares cubains parfaitement illégaux au goût fabuleux, mangé et bu dans des restaurants renommés, dont plusieurs étoilés au guide Michelin et un bar fait entièrement de glace, traversé Fremont Street en tyrolienne, et battu au poker un chanteur très connu qui est en résidence pour un an à Las Vegas.

J'ai l'esprit encore si embrumé par ces deux jours de folie que je ne remarque pas qu'il y a de la lumière sous la porte, ni que le verrou n'est fermé que d'un tour. Quand je rentre chez moi, je me retrouve nez à nez avec... mon père. Il est assis dans le canapé en tenue décontractée mais élégante, lisant tranquillement un livre en buvant une tasse de camomille. Il parcourt lentement mon apparence du regard. Il ne dit rien, comme à son habitude, mais je vois de la désapprobation très claire dans son expression. Je suis si surpris de voir une émotion aussi évidente sur son visage que j'en oublie presque d'être embarrassé par sa remontrance silencieuse.

— Qu'est-ce que tu fais là ?

— Je suis venu voir mon fils. L'auriez-vous vu ? C'est un bel homme, bien sur lui, propre, soigné, qui ne donne pas l'impression de dormir dans la rue. Quand je suis arrivé à vingt heures, à une heure où un homme qui travaille le lendemain est normalement chez lui, il n'y avait personne. Heureusement, le gardien du complexe m'a reconnu et m'a aidé à entrer avec le double des clés. Comme quoi, il y a tout de même un avantage à avoir sa photo dans des magazines.

Il paraît déçu. Et ce n'est pas un vague tremblement de sourcil ou un menton qui se relève d'un millimètre ou deux. C'est une véritable expression. Une deuxième émotion, si vite après la première, me déstabilise encore plus que ses paroles. Mon père, qui ne s'est presque jamais départi de son calme et de sa maîtrise de lui-même, a montré en une minute plus de sentiments qu'il ne l'a fait pendant toute mon enfance.

— J'avais presque osé espérer que ton absence si tardive soit dû à une compagne dont j'ignorais l'existence, mais avec qui tu étais prêt à te stabiliser, t'engager, et peut-être même fonder une famille. Malheureusement, je savais aussi que cet espoir était probablement futile. Mais je dois te remercier, je suppose. Grâce à la constance de ton inconduite, je peux savourer le fait de ne jamais me tromper sur ton compte.

Ces mots, je les ai déjà entendus auparavant. Ce n'est pas la première fois qu'il me fait des remontrances. Mais c'est la première fois que j'ai l'impression de voir un père face à un fils plutôt qu'un professeur face à un élève dont il n'attend pas grand-chose. Je ne sais vraiment pas comment réagir.

— Mais laissons ça là. Comment vas-tu, fils ? Je vois que tu as eu un week-end bien occupé, et je comprends maintenant pourquoi tu ne m'as pas rappelé après avoir reçu mon message.

Je me gratte un instant la cervelle pour comprendre ce qu'il veut dire. D'un coup, ça fait tilt. Il m'a laissé un message vendredi soir pour me dire qu'il a quelque chose d'important à m'annoncer. J'ai complètement oublié ce message en me laissant emporter par le tourbillon du week-end.

— Oui, désolé. L'entreprise nous a offert une retraite à Las Vegas pour nous récompenser d'être les meilleurs investisseurs de la boîte.

Il me balaye de nouveau du regard.

— Une retraite à Las Vegas. Je vois que vous avez été très professionnels…

Encore une fois, cette émotion marquée, à la fois dans son expression comme dans sa voix. Quand j'étais enfant, j'aurais donné un bras et une jambe pour voir des émotions animer mon père. Mais à présent, je ne sais pas si j'apprécie vraiment le changement.

Incapable de vraiment saisir ce qu'il se passe, je change de sujet.

— Qu'est-ce que tu veux m'annoncer ? Je comptais t'appeler demain pour en parler, mais ça doit vraiment être urgent si tu es venu jusqu'ici en personne pour me le dire.

Mon père prend le temps de boire une gorgée de camomille et de s'asseoir plus profondément dans le canapé. Il semble devoir se retenir de dire beaucoup de choses. Cette attitude est très nouvelle pour lui. Je ne l'ai jamais vu se battre pour retenir ses mots. Il les a toujours donnés au compte-goutte, comme s'il avait un certain nombre de mots à ne pas dépasser tous les jours.

Il se racle la gorge.

— En effet, ce que j'ai à te dire est important. Deux choses en réalité…

Deux choses importantes à la fois ? Je crois que j'ai besoin d'un autre verre.

— Attends, donne-moi dix minutes.

Je me passe de l'eau froide sur la figure, me débarrasse de mes vêtements froissés pour enfiler un jogging et un t-shirt portant le nom de mon université, et je me prépare une tasse de café bien forte. Puis je rejoins mon père qui s'est remis à lire son livre en m'attendant.

— Je t'écoute.

— Parfait. Premier point, j'ai pris une décision concernant l'entreprise. J'ai annoncé vendredi au conseil d'administration que je t'ai maintenant nommé comme mon successeur.

Il n'y a pas le moindre bruit dans mon appartement, pourtant je suis certain que ma mâchoire est tombée au sol à la vitesse d'une météorite. Si j'étais confus et incertain auparavant, je suis maintenant complètement sous le choc.

— Je n'ai pas pris cette décision à la hâte, tu peux me croire.

Ça, je n'en ai pas le moindre doute. Je n'ai *jamais* vu mon père prendre une décision à la hâte. Des décisions rapides, oui, certainement, mais jamais une qui n'ait pas été pensée et analysée dans les moindres détails. Je ne questionne pas la vitesse de sa décision. Je n'arrive simplement pas à croire à ce que j'entends.

Il continue comme si de rien n'était :

— Tu es le bon choix pour prendre la tête de l'entreprise quand je prendrai ma retraite. Tu obtiens d'excellents résultats en étant seulement un employé. Imagine ce que tu pourras faire quand tu seras le patron. Tu as de l'instinct pour voir les investissements qui peuvent marcher et ceux qui vont se casser la figure. J'ai confiance en tes capacités.

Je sors enfin de mon mutisme. Mais ce n'est pas une action consciente. C'est simplement qu'il y a trop de choses qui bouillonnent en moi. Comme une cocotte-minute, il faut que ça sorte où je vais exploser.

— Pourquoi moi ? Pourquoi pas Frank ?

Ça n'a jamais été prévu comme ça. Depuis que je suis gamin, mon frère Frank a toujours été le successeur. J'ai entendu, encore et encore, qu'il est plus âgé, plus mature, plus travailleur, plus sérieux, plus fiable. Un successeur tout désigné. Je n'ai jamais été jaloux, parce que je n'ai jamais voulu être à sa place. Avoir mon métier choisi pour moi est déjà bien suffisant, je ne cherche pas à ce qu'on choisisse aussi pour moi l'entreprise et la position. Mais Frank n'a jamais caché son enthousiasme à l'idée d'hériter de la direction de l'entreprise. Quand nous vivions encore tous les deux chez mes parents, il ne manquait pas de me le rappeler à chaque occasion. Il me disait que j'étais en trop et que je n'aurais pas dû me donner la peine de naître, puisque c'était lui qui allait devenir le boss. Est-ce que mon père a informé mon frère de cette décision ? Qu'est-ce que Frank en pense ?

Mon père n'hésite pas du tout pour me répondre.

— Parce que tu n'oublies pas le sens du mot famille. Ton frère est parti à Londres il y a dix ans. J'ai encouragé son départ pour qu'il gagne de l'expérience dans un centre financier mondial avant de prendre la tête de l'entreprise. Mais en dix ans, il n'est rentré que deux fois aux États-Unis en dehors de ses voyages d'affaires. Il n'a même pas pris la peine de rentrer pour l'enterrement de votre mère. Votre mère qui vous aimait tous les deux de tout son cœur…

Sa voix s'éteint. Ma mère est morte il y a sept ans. Pour moi, malgré le chagrin profond, ça a été un soulagement de savoir qu'elle ne souffrait plus. Le jour de son enterrement, j'ai vu mon père pleurer pour la première et seule fois de toute ma vie. Même s'il paraissait négligent, plaçant le travail au-dessus de tout, il l'a vraiment aimée. Mais apparemment, mon frère se moquait bien du sort de celle qui l'a mis au monde, puisqu'il a préféré aller en voyage d'affaires à Singapour plutôt que venir lui dire au revoir. Ça m'a mis hors de moi et j'ai coupé les ponts avec lui depuis sept ans, mais je croyais que mon père, qui nous a toujours encouragés à faire passer le travail avant tout, avait compris cette décision. Apparemment, je me suis trompé, et lui non plus n'a pas pardonné à Frank. C'est la première fois depuis très longtemps que j'ai l'impression d'avoir quelque chose en commun avec mon père.

Il reprend.

— Non content de ça, il a aussi coupé les ponts avec le reste de la famille. Il ne répond pas au téléphone, et ne prend jamais la peine de me rappeler. Son oncle et ses cousins du côté de votre mère n'ont pas eu de nouvelles de lui depuis quatre ans, et j'ai été informé que vous n'avez pas échangé le moindre mot depuis les funérailles. Je sais que j'ai fait des erreurs en tant que père. J'en suis bien conscient. Mais il a abandonné tous les membres de sa famille derrière lui. Toi, même si je réalise que tu traînes les pieds pour me répondre et que tu ne discutes avec moi qu'à contrecœur, tu fais quand même l'effort de me parler, ne serait-ce que parce que je suis ton père. Tu te souviens que, malgré mes erreurs de parcours, nous sommes une famille.

Ce soir, je vais de surprise en surprise. Je pensais avoir eu des sensations fortes à Las Vegas ce week-end, mais ce n'est rien comparé aux montagnes russes émotionnelles que cette discussion me donne. Je ne sais pas trop quoi ressentir. De la colère, de la gratitude, du choc, du regret... De l'amour aussi, ce qui ne m'est pas si familier envers mon père.

— Je veux laisser mon entreprise à quelqu'un qui ne la mettra pas en pièces pour vendre les morceaux aux enchères dès qu'il aura le contrôle. Frank n'a pas assez le sens de la famille pour me succéder à la tête de l'entreprise. Il ne voit pas ça comme un héritage familial mais comme une machine à sous. Toi, je sais que tu ne te laisseras pas attirer par l'appât du gain au détriment de l'entreprise elle-même. Je te fais confiance.

Je sens une légèreté dans ma poitrine. Pendant des années, j'ai eu de la rancœur envers lui, pour sa réserve, sa froideur pendant mon enfance, sa préférence pour mon frère, et ses longues heures de travail qui me paraissaient ne laisser aucune place pour moi dans sa vie. Je lui en ai voulu, j'ai eu du chagrin, j'ai été en colère. Puis je me suis résigné, je pensais qu'il ne changerait jamais. J'ai alors répondu à sa distance par de la distance. Je ne l'ai pas fui, je n'ai pas coupé les ponts – après avoir perdu ma mère, je ne voulais pas aussi perdre mon père. Mais je l'ai traité comme un collègue plutôt qu'un parent. Ma relation avec lui est devenue presque professionnelle. Pour quelqu'un qui a toujours aimé le travail plus que tout, ça devait lui convenir. Pourtant, quand j'entends ce compliment, quand j'entends que mon père me fait confiance, j'en éprouve une fierté que je préfère ignorer. Je ne veux pas m'intéresser à son opinion de moi, même positive. Il a eu des années pour me la donner. A présent, c'est trop tard.

Du moins, c'est ce que je veux penser. Mais je n'arrive pas à lui dire que ses mots n'ont aucun poids pour moi. Je n'arrive pas non plus à lui dire que je ne suis pas intéressé par la direction de l'entreprise. Je n'ai jamais été intéressé. Ça m'a toujours arrangé que Frank soit l'aîné. Il aime tout diriger, être au sommet de la pyramide, voir les gens lui obéir.

Je me contente d'exprimer la première pensée qui me vient.

— Comment Frank a réagi quand tu lui as dis ?

Mon père finit sa camomille.

— Je ne sais pas encore, je n'ai pas réussi à le joindre. J'ai laissé plusieurs messages à sa secrétaire sans résultats. Alors je lui ai envoyé un courrier. Ce n'est pas la manière dont j'aurais aimé qu'il l'apprenne, mais il ne me laisse pas le choix. A moins de prendre l'avion jusqu'à Londres, et je n'ai vraiment pas le temps. D'ailleurs en parlant de temps, il va falloir qu'on décide rapidement d'un moment pour discuter des étapes de la transition.

— Pourquoi si vite ? Tu comptes prendre ta retraite bientôt ?

Je n'arrive pas à imaginer mon père à la retraite. Sans ses costumes, sa mallette, en train de faire mille choses à la fois. Je ne reconnais pas du tout mon père dans cette image.

— Oui, dans deux mois. Après mon mariage.

Je le lève. Ou plutôt, je bondis de ma chaise. Puis je me rassois. Je me relève à nouveau et me dirige à grands pas vers la cuisine. J'attrape ma plus grande bouteille de whisky, j'en prends une longue gorgée avant de retourner dans le salon. La brûlure de l'alcool dans ma gorge m'aide à me distraire un moment. Je respire un grand coup.

— Pardon ??

— J'ai rencontré une femme merveilleuse il y a quelques mois. Vendredi dernier, je l'ai demandé en mariage et elle a accepté. On va se marier dans deux mois.

De nouveau, ses émotions percent à travers son expression. J'y vois presque comme une hésitation, une pointe de chagrin, mais surtout, beaucoup de bonheur et d'amour. J'ai l'impression qu'il a dix ans de moins. Et le problème du bonheur, c'est que c'est contagieux. Sa joie presque enfantine est si évidente qu'elle me donne envie de sourire à mon tour. Je me retiens. Je ne sais pas encore ce que j'en pense.

Ayant trop de choses à dire et à ressentir, je me contente alors d'une réponse courte :

— Félicitations.

Mon père a l'air heureux que je ne lui explose pas à la figure.

— Merci. C'est pour elle que je veux prendre ma retraite. J'ai commis des erreurs avec vous et avec votre mère. J'ai aimé Amélie énormément, mais je l'ai laissée seule trop souvent. Je n'ai pas su le lui montrer, la faire se sentir aimée, soutenue, en sécurité. J'aurais dû être là pour elle. Elle avait besoin de ma présence plus que de mon argent. Je ne vais pas faire la même erreur une deuxième fois. Je veux passer autant de temps que possible avec ma nouvelle femme. Je vais apprendre de mes fautes passées et faire de mon mieux pour les années qu'il me reste.

Il se penche vers moi.

— Et si tu peux, essaye de faire de même. Apprends de mes erreurs, ne fais pas ce que j'ai fait. Quand tu trouveras la femme qui fait battre ton cœur, ne la fais jamais passer avant le travail. Travaille dur, toujours, avec diligence, soin, et assiduité. Mais n'y passe pas toutes tes heures. Un moment avec ta femme et tes enfants, si tu as la chance d'en avoir, t'apporteront bien plus de bonheur que des journées entières au bureau. Tu es doué, Logan, tu n'auras jamais de difficulté à gagner de l'argent. Mais crois-en mon expérience personnelle, ce n'est pas suffisant pour t'apporter le véritable bonheur. Je m'en suis rendu compte bien trop tard, quand ta mère était déjà mourante. Ça a été la leçon la plus difficile de toute ma vie. Mais je l'ai bien apprise.

Il y a beaucoup d'émotion dans sa voix. Ça doit être quelque chose qui lui pèse sur le cœur depuis longtemps.

Au fond de moi, je sens bien que je suis heureux pour mon père. Mais je suis encore trop sous le choc pour faire la part de mes autres sentiments, ou même pour avoir une réaction qui a du sens. Alors je me répète.

— Félicitations. A toi et à…

— Nadia.

Il prononce ce nom avec une lueur de joie sincère dans les yeux. Est-ce vraiment mon père, là devant moi ?

Je détourne le regard.

Je ne veux pas lui avouer que ça fait des années que j'ai fait une croix sur l'idée d'avoir une famille. Avoir une femme est un obstacle à une carrière, et une carrière se met en travers du temps qu'on peut passer avec sa femme. Ça ne vaut le coup ni pour le mari ni pour la femme. C'est bien trop de soucis. Je ne veux pas avoir à m'inquiéter de rentrer à la maison à l'heure pour dîner, de me souvenir de dates d'anniversaires, ou de recevoir des appels furieux au bureau parce que j'ai oublié de donner les bonnes instructions à la femme de ménage. Ma mère n'a jamais été comme ça. C'était un ange de patience, de bon sens, et d'amour. Mais je connais bien trop de collègues dans le milieu de la finance qui sont soumis à ça au quotidien.

Je me dirige donc vers un sujet qui ne me touche pas de si près.

— Où est-ce que vous comptez vous marier ?

— Sur notre propriété à Colorado Springs. D'ailleurs, j'aurais aimé ton aide pour tout organiser. Nadia a une nièce qui va nous donner un coup de main, mais je serais rassuré si tu pouvais l'épauler. Elle travaille beaucoup, et je ne veux pas qu'elle se sente dépassée. Et bien évidemment, je voudrais que tu sois mon garçon d'honneur, si tu es d'accord.

Je suis si touché que je cligne plusieurs fois pour chasser le picotement de mes yeux. Cette fois-ci, je ne peux pas retenir un sourire. Je suis ravi qu'il m'ait demandé de me tenir à ses côtés dans ce moment si important. Et puis, je veux rencontrer la femme qu'il compte épouser avant qu'il ne lui passe la bague au doigt. Les croqueuses de diamants sont légion autour d'hommes comme mon père, et je veux m'assurer par moi-même qu'elle ne le balade pas. Je ne fais donc pas de difficulté pour accepter.

— Oui, bien sûr, je serais flatté d'être ton garçon d'honneur. Et demain, je m'arrangerai avec mon patron pour pouvoir faire mon travail à distance jusqu'à ton mariage. Tant que je continue à ramener de l'argent à mon boss, il n'y aura pas le moindre problème.

Je me sens quand même bizarre : voilà sept ans que je n'ai pas mis le pied dans ma ville d'enfance. Mais je n'ai pas l'intention d'y rester longtemps. Il faudrait un miracle pour me donner envie de quitter ma vie trépidante de New York pour une petite ville perdue dans les montagnes.

Chapitre 6

– Anna –

Je sors du travail en courant. Je ne veux pas être en retard pour mon rendez-vous avec Anna, Alexander, et ses fils. C'est la première fois que je peux rencontrer le fiancé de ma tante, je ne peux pas manquer ça ! En tant que demoiselle d'honneur, je ne peux pas me permettre d'être en retard.

Je rentre à mon studio pour me doucher et me changer. L'avantage d'un placard à balai comme mon studio est que je peux presque atteindre ma maigre garde-robe depuis la salle de bain. Je mets ce que j'ai de mieux, un joli pantalon taille haute noir et un top en coton bleu marine avec un col bateau. Puis je rassemble mes cheveux en queue de cheval et je me mets un tout petit peu de maquillage. C'est un peu BCBG, mais c'est ma seule chance de faire bonne impression. Même si je n'ai pas acheté ces vêtements neufs, c'est la meilleure tenue que j'ai. Il faudra que je trouve une nouvelle tenue pour le mariage, mais j'ai deux mois pour essayer de gratter quelques heures de travail en plus et gagner assez d'argent pour une jolie robe qui fera honneur à ma tante.

Je mets moins d'un quart d'heure entre le moment où j'arrive chez moi et le moment où je repars. Je prends la voiture pour aller chez Nadia. C'est toujours celle que j'ai eue pour mes seize ans. Elle est lente, avec une pointe de vitesse à quatre-vingt kilomètres heure maximum, et elle est vilaine, avec sa peinture défraîchie et décollée par endroit, et quelques bosses que des années sur la route ont fini par produire, mais elle m'a toujours emmenée où j'ai besoin.

Mais quand je tourne la clé dans le contact, il ne se passe rien. J'essaye encore et encore, mais la voiture refuse de démarrer. Je remarque alors que l'indicateur des feux est en position allumée. Comme je peux marcher pour aller au restaurant, je n'y ai pas prêté attention. On dirait bien que j'ai laissé les feux allumés toute la journée après être rentrée de mon job de nuit, et la batterie est morte. J'ai envie de me taper la tête contre le mur. Pourquoi est-ce que ça a dû arriver aujourd'hui entre tous !

Je pousse un soupir exaspéré. Mais je me connais – même si j'ai l'air en colère, je suis surtout anxieuse et triste de décevoir Nadia en ce jour si important. Je suppose que je pourrais appeler un taxi, mais c'est trop cher pour ma maigre bourse. Alors je me résous à appeler ma tante.

— Allô, Nadia ?

— Qu'est-ce qu'il se passe ? On dirait que tu es tendue.

— La batterie de ma voiture est morte. C'est de ma faute, j'ai oublié d'éteindre les phares en rentrant ce matin. Il faisait déjà jour, je n'ai pas vu qu'ils étaient encore allumés. Je vais prendre le bus pour vous rejoindre, mais je risque d'être très en retard. Je voulais simplement te prévenir.

— Oh ma petite reine, je suis désolée. Ce sont des choses qui arrivent, j'ai dû faire ça trois ou quatre fois au moins.

J'entends une voix éloignée à l'autre bout du fil, même si je n'arrive pas comprendre ce qu'elle dit. Après quelques secondes, Nadia reprend.

— Alexander a demandé à son fils de venir te chercher, ne t'inquiète pas. Il sera là dans dix minutes.

— Non, ce n'est pas la peine, vraiment, je ne veux pas le faire se déplacer. Il n'a pas besoin de se déranger pour moi. Je peux très bien prendre le bus.

Je connais bien le réseau de bus. Certains mois, quand je ne peux pas payer pour l'essence de ma voiture, je vais au travail en bus. Ça me prend bien plus de temps, mais il suffit que je parte plus tôt pour arriver à l'heure.

— Je sais que tu ne veux jamais déranger personne, Anna. Tu fais toujours tout pour les autres, mais tu ne demandes jamais rien pour toi. Je te promets que tu ne déranges personnes. Penses-y comme à un cadeau pour moi. Plus je passe de temps avec toi, plus je suis heureuse. Alors tu peux bien accepter que Logan vienne te chercher pour moi, non ?

Je ne peux rien refuser à ma tante, surtout parce que ce qu'elle me demande est pour son propre bénéfice.

— Merci, Nadia. Il n'y a pas deux personnes comme toi au monde.

Je raccroche le sourire aux lèvres. Pourtant, j'ai une sensation étrange au creux de l'estomac. Logan... Ça me dit quelque chose. Quelque chose de déplaisant, si j'en juge par mon ventre noué. J'ai du mal à mettre les noms sur des visages, mais ma peau est hérissée. Logan... Ce ne serait pas...

A ce moment-là une voiture de sport tourne à l'angle de la rue en rugissant. Elle s'arrête devant moi dans un crissement de pneu. La fenêtre s'ouvre, révélant le visage d'un homme.

— Monte vite. Mon père et ta tante nous attendent.

Oui, c'est bien lui…

Logan Carter.

Le tyran du lycée, le connard qui m'a coûté ma place au resort avec ses farces à deux ronds, qui a fait pleurer toutes les filles qui ne ressemblaient pas à des mannequins avec ses commentaires cruels, et qui se moquaient des premières de la classe comme moi.

Il a toujours été attirant, avec ce style espiègle que les adolescents ont dans la fraîcheur de la jeunesse. Maintenant qu'il est adulte… il est incroyablement beau. Avec ses yeux gris, sa barbe courte, et son sourire arrogant, on dirait un mannequin tout juste sorti d'un photoshoot. Il arrive à avoir l'air soigné sans avoir l'air efféminé. C'est un homme des pieds à la tête, il n'y a pas le moindre doute. Et des plus séduisants, même si ce mot me paraît faible pour décrire son aspect physique.

Pourtant, quand je le vois pour la première fois depuis des années, je ne ressens que du mépris pour lui.

— Allez, dépêche-toi. Je n'ai pas que ça à faire.

Sans sortir de la voiture, il pousse la portière de mon côté ouverte, comme si c'était la seule chose qui m'empêchait de monter.

— Ta tante t'a bien expliqué que je venais te chercher, non ?

Son visage s'est peut-être transformé d'un garçon à un homme, mais son arrogance est toujours la même. Tout doit être fait selon ces demandes, à l'instant où il le demande. J'ai presque envie de lui claquer la portière à la figure et d'aller prendre le bus. Mais aujourd'hui n'est pas à propos de moi, ni même de cet homme qui m'a pourri la vie pendant mes années de lycée. C'est à propos de ma tante et son fiancé. Je décide alors de monter dans la voiture sans faire de scandale.

— Et ben voilà, c'était pas si difficile.

Logan attend à peine que je referme la porte pour démarrer en trombe. L'étroit habitacle de sa voiture de sport me paraît d'autant plus exiguë que ses larges épaules semblent le remplir tout entier. Pendant que je me débats pour attacher ma ceinture de sécurité malgré les virages pris à une vitesse folle, je fais des ricochets entre cette carrure impressionnante et la portière.

Je finis par être exaspérée par les secousses.

— Ralentis un peu, s'il-te-plaît ! Je ne suis pas une balle de flipper !

Il hausse les épaules.

— Quel est l'intérêt d'avoir une voiture de sport si c'est pour se traîner comme une petite vieille ?

Mais il ralentit un petit peu, en tout cas assez pour que je puisse enfin attacher ma ceinture. Je regarde alors le paysage défiler par la fenêtre. Il serait plus poli de faire la conversation, même pour parler du temps qu'il fait. Mais je ne me fais pas assez confiance pour être poli avec lui pour plus de quelques phrases.

Après une minute ou deux de silence, il me jette un regard.

— Alors, ça fait combien de temps que toi et ta tante vous vous connaissez ?

Je lui jette un regard effaré. Il n'est pas vraiment si stupide que ça, si ? J'ai pourtant entendu dire qu'il a une carrière à succès à New York.

Il roule des yeux.

— Relax, c'est juste une blague. Si on veut arriver à s'entendre pour préparer le mariage, il va falloir que tu apprennes à te détendre. Si t'es aussi coincée, ça ne va pas marcher.

Je me détourne pour ne pas lui lancer une remarque désagréable. Je ne veux pas semer la mésentente entre nous. Je vais devoir apprendre à collaborer avec cet idiot.

N'ayant apparemment pas la moindre idée à quel point j'ai envie de lui mettre une claque, il continue.

— Tu sais, je suis sûr que tu serais vraiment belle si tu te détendais et que tu souriais plus. Je veux dire, tu es jolie et bien gaulée, mais tu serais vraiment mieux si tu n'avais pas un balai aussi profond.

Je dois me retenir tellement fort de ne pas le remettre à sa place que j'agrippe la poignée de la porte pour me donner une ancre physique.

Il tend la main vers ma joue.

— Sérieusement, tu devrais sourire. Et si tu es assez jolie, je suis même prêt à te donner une chance. Je ne m'attendais pas à trouver une fille aussi tentante que toi dans ce trou perdu, mais il faut quand même que tu fasses un petit effort.

Je m'éloigne autant que je peux, enfin au bout de ma patience.

— Si tu me touches, je hurle.

Il se met à rire mais il retire sa main.

— Oh wow, tu es encore plus coincée que je le pensais. Une vraie gardienne de prison. Mais tu sais, ma belle, personne ne s'est jamais plaint de mon toucher. Si tu changes d'avis, on pourra passer un bon moment. Je te montrerai ce que c'est de s'amuser.

— Non mais tu t'entends parler ? On dirait une caricature de film. Pour moi, s'amuser ne veut pas dire se faire tripoter par un homme avec plus d'argent que de bon sens. Alors qu'on soit clair dès le début : tu ne m'intéresses pas le moins du monde. La seule chose qui m'intéresse c'est organiser un beau mariage pour ma tante et ton père. Je veux qu'ils débutent leur vie commune avec une journée pleine de joie. Tu crois que tu peux arriver à m'aider avec ça sans jouer au Don Juan de pacotille ?

Il ne répond qu'avec un autre petit rire. Qu'il est agaçant et sûr de lui ! Heureusement, nous arrivons vite. A peine la voiture arrêtée, j'en saute pour échapper à la présence écrasante de Logan. Non seulement il a un physique très athlétique, mais en plus il a un égo énorme qui prend bien trop de place dans une voiture si étroite.

Cependant, avant d'entrer chez ma tante, je m'arrête et lui fais face.

— Écoute, il est clair qu'on ne va pas devenir amis. Mais je veux vraiment faire du bon travail pour Nadia et Alexander. Alors je te propose qu'on essaye de travailler ensemble sans se tacler ou se mettre des bâtons dans les roues. Qu'est-ce que tu en penses ? Trêve ?

Il se plante devant moi, son air arrogant toujours affiché sur sa figure séduisante.

— Je ne fais jamais de promesses que je ne peux pas tenir. Demande à toutes mes ex. La liste est longue, très longue même, mais elles te diront toutes la même chose.

C'est peine perdue. Je vais devoir me traîner ce boulet jusqu'au mariage et faire de mon mieux malgré ses petits jeux de macho. Quelle partie de plaisir... Mais puisque c'est pour ma tante, je le ferai le sourire aux lèvres.

Avant d'entrer chez Nadia, je lui lance un regard désapprobateur − c'est tout ce que je peux faire puisqu'il n'écoute clairement pas ce qu'on lui dit.

Il semble sursauter.

— Tu sais, j'ai connu quelqu'un il y a des années qui lançait des regards noirs exactement comme toi. Je ne me souviens plus de qui c'est, seulement qu'elle était très forte pour avoir l'air d'une libraire pincée. Tu as exactement la même expression.

Alors cet abruti ne m'a même pas reconnue ? Nous avons passé trois ans de lycée dans la même classe, mais il n'arrive pas à réaliser qu'on se connaît. Mes cheveux très pâles sont rassemblés en chignon et je porte un bandeau large par-dessus, les cachant presque à la vue, mais je blâme surtout son manque d'intérêt pour tout ce qui n'est pas lui-même.

Mais peut-être que ce n'est pas une mauvaise chose. Je n'ai pas que des bons souvenirs de ce lycée, surtout à cause de lui et de ses amis populaires qui s'amusaient à se moquer sans arrêt des geeks et des premiers de la classe comme moi. S'il ne se souvient pas de qui je suis, alors il ne parlera pas de souvenirs qui me sont douloureux avec une mélancolie qui m'horripilerait.

J'entre chez ma tante sans ajouter un mot. Nadia m'accueille avec un sourire immense qui illumine toute la pièce. Elle est naturellement si chaleureuse que c'est impossible de se sentir mal à l'aise en sa présence.

— Anna, ma petite reine, tu es arrivée ! Viens que je te présente Alexander.

Un homme se tient à ses côtés. Il est plus âgé qu'elle de presque vingt ans, avec des cheveux poivre et sel, mais il a un tel maintien que ça renforce son charme au lieu de donner l'impression qu'il est trop vieux. Je vois d'où Logan tient sa beauté. Alexander est un très bel homme, avec des traits bien définis et symétriques, et une carrure athlétique que des hommes deux fois plus jeunes lui envieraient. Sa présence est aussi intense que celle de son fils, mais bien moins arrogante. Logan a cette hauteur qui le rend distant et méprisant, alors qu'Alexander, au contraire, semble plus ouvert, plus accessible. Quand il me serre la main, il me regarde droit dans les yeux et sourit. Il y a une petite hésitation dans son expression, mais ça a plus l'air parce qu'il n'a pas l'habitude de sourire ainsi que parce qu'il n'est pas sincère.

— Ravie de vous rencontrer. Et félicitations, évidemment.

— De même. Et merci. Nadia m'a tellement parlé de vous que j'ai l'impression de vous connaître. Je suis content de pouvoir enfin mettre un charmant visage sur toutes les histoires incroyables qu'elle m'a racontées.

Je rougis. Alexander sait comment flatter quelqu'un. Les flatteurs qui n'ont que des paroles vides me hérissent, mais lui semble y mettre une chaleur qui rend son compliment désarmant.

Derrière lui, je vois Logan qui lève les yeux au ciel, mais comme il n'a rien dit d'agaçant depuis que nous sommes entrés, je ne réagis pas. Je souris à Alexander.

— Comme on va bientôt faire partie de la même famille, est-ce qu'on peut se tutoyer ?

— Avec plaisir.

Il glisse sa main dans celle de Nadia, et ils échangent un regard d'une grande tendresse. Il serait difficile de douter de leurs sentiments. Pourtant, je vois l'expression dubitative que Logan essaye de cacher derrière l'exploration attentive du salon où nous nous trouvons. Je ne suis pas surprise. Un Don Juan comme lui ne croit sans doute pas à l'amour parce que lui-même est incapable d'en ressentir pour quelqu'un d'autre que sa propre personne.

Alexander n'y fait pas attention.

— J'ai hâte de faire partie de cette famille.

Je ne peux pas m'empêcher de lui sourire en retour. La joie est si contagieuse.

— Alors, racontez-moi, comment est-ce que vous vous êtes rencontrés ?

Nadia rit d'un air un peu embarrassé, mais l'expression d'Alexander se fait encore plus douce.

— Je faisais un petit tour à pied pour m'éclaircir les idées après une longue réunion. J'ai pris l'habitude de faire ça il y a trois ans, quand mon médecin m'a dit qu'il fallait que je fasse attention à mon cholestérol et que je bouge tous les jours, pas seulement trois fois par semaine à la salle de sport. Je traversais un parc quand j'ai entendu quelqu'un appeler mon nom. Quand je me suis retourné pour voir qui m'appelait, j'ai vu Nadia. Ça a été un véritable coup de foudre pour moi. J'en ai perdu mes mots. J'essayais de trouver quelque chose d'intelligent à lui dire, du genre "même si je ne vous connais pas encore, je suis prêt à vous entendre appeler mon nom toute ma vie".

Il rougit un peu, comme gêné par cette phrase maladroite. Nadia lui serre la main et il continue.

— Mais elle est passé devant moi sans même me voir. Elle ne m'appelait pas moi, mais un de ses élèves turbulents qui s'était éloigné du reste de la classe pendant une sortie scolaire au parc. Quand je l'ai vue s'éloigner, ça m'a rendu si triste que j'ai compris qu'il *fallait* que je me présente et que je fasse tout mon possible pour gagner son cœur.

Ma tante a toujours les joues roses, mais elle a l'air d'aimer entendre cette histoire. Si ma rencontre avec mon compagnon était aussi adorable, je ressentirais sans doute la même chose.

—Ça n'a pas été trop difficile. Je suis tombée amoureuse de toi presque immédiatement. Tu es si charmant que je ne pouvais pas résister longtemps.

Ils se sourient à nouveau.

La conversation s'installe sans difficulté. Logan ne participe presque pas, mais je ne m'en plains pas. Alexander est intelligent, cultivé, et amusant. C'est un vrai plaisir de discuter avec lui. Et quand je vois la manière dont il regarde ma tante, mon cœur est rempli de joie. Nadia a toujours été une personne aimante et chaleureuse, qui donne son affection sans compter. Enfin, après toutes ces années, elle a trouvé quelqu'un capable de l'aimer comme elle le mérite. Leur bonheur à tous les deux fait tellement plaisir à voir que je me laisse entraîner dans leur tourbillon de gaieté.

Alexander est un homme vraiment plaisant, même si on devine une hésitation dans ses expressions. A mon avis, c'est parce qu'il n'a pas l'habitude d'être aussi joyeux. Je pense que c'est Nadia qui l'a aidé à sortir de sa coquille, à perdre son attitude rigide et réservée. Elle est si chaleureuse et tendre qu'elle arriverait à faire fondre la banquise.

Voir ma tante si heureuse est un baume pour le cœur.

Plus que jamais, je suis déterminée à faire tout mon possible pour l'aider. Je suis même prête à ressortir mon violon pour jouer à la cérémonie, comme elle m'a toujours dit qu'elle le souhaitait. Tant pis si je dois me coltiner l'arrogance de Logan. Pour l'instant, il se tient dans son coin, son ennui et sa morgue clairement visibles, mais au moins, il est silencieux. Et puis, ce n'est que pour deux mois, et offrir le mariage de ses rêves à ma tante est bien plus important. Qui sait ? Si ça se trouve, il ne me reconnaîtra pas jusqu'au mariage.

Chapitre 7

– Logan –

J'ai décidé d'être magnanime et d'accepter que le remariage de mon père n'est pas une trahison de sa relation passée avec ma mère. Après tout, on peut chérir un souvenir, mais ce n'est pas bon de vivre dans le passé. Du moins, c'est la leçon que je tire de sa nouvelle attitude sur l'équilibre entre vie privée et vie professionnelle. Peut-être que je suis encore trop choqué par ce changement soudain, mais je ne crois pas qu'il me déplaise. Après tout, c'est bien ce que je fais quand je vais m'amuser à Las Vegas ou dans des strip-clubs. Bien sûr je sors avec des collègues, mais il n'y a vraiment rien de professionnel dans nos frasques extracurriculaires. Même si je crois que mon père pense plus à une famille qu'à une femme sublime dansant en string à paillettes, j'aime à penser que j'honore au moins en partie sa nouvelle philosophie.

Du moins, je l'honorerais bien plus si je n'étais pas coincé dans ce trou. Je déteste ma ville natale. Je n'y suis pas du tout à ma place. Qui a envie de vivre quelque part où la moitié de la population est absente six mois de l'année, et l'autre moitié est trop âgée, guindée, ct coincée d'une partie de l'anatomie pourtant si attirante chez une danseuse exotique. Je ne suis là que depuis trois jours et j'ai déjà hâte de retourner à New York. Il n'y a rien pour moi ici.

La seule chose qui me retient est Nadia. Non pas parce qu'elle me plaît, bien au contraire. De nombreuses femmes, souvent très belles, gravitent autour de ma famille, mais il n'est pas recommandé de faire confiance à bon nombre d'entre elles. C'est à la fois l'avantage et le désavantage d'avoir beaucoup d'argent. Or, la rencontre entre Nadia et mon père me paraît bien trop belle pour être vraie, et je veux m'assurer qu'elle n'essaye pas de profiter de lui. J'aurais fait confiance à son ancien caractère. Il savait mieux que personne comment lire les gens, et après une conversation de cinq minutes, il les connaissait mieux qu'ils ne se connaissaient eux-mêmes. Mais son récent changement d'attitude me laisse à penser que Nadia a une forte influence sur lui, et il pourrait bien s'être laissé berner par son besoin de tendresse et d'affection. Je ne suis pas près de laisser une croqueuse de diamants mettre le grappin sur mon père.

Sa nièce… Elle est encore plus étrange.

Elle me prend de haut, me regarde comme si j'étais un idiot, et semble irritée par tout ce que je dis. Je n'ai jamais rencontré une fille qui soit si froide avec moi. C'est sans doute parce qu'elle a peur que je vienne semer la zizanie dans le plan de sa tante pour mettre la main sur l'argent de mon père. Je ne vois pas d'autre raison pour laquelle une femme me traiterait ainsi. C'est dommage, elle est plutôt jolie, et j'aurais bien aimé faire sa connaissance de manière plus… approfondie.

Anna a un visage d'une grande élégance qui pourrait avoir l'air arrogant sans l'expression vive et souvent rêveuse de ses yeux. Elle doit faire de l'activité physique, parce qu'elle a un corps fin et nerveux, et de longues jambes que je voudrais enrouler autour de ma taille. Elle semble aimer donner des ordres et tout organiser, pourtant, une ou deux fois, je l'ai vue décrocher au milieu d'une conversation pour écouter la musique qui passait. Ça ne me dérangerait pas qu'elle me donne des ordres au lit, mais je n'aime pas qu'elle essaye de me mener à la baguette pour la préparation du mariage. Malgré le fait qu'elle ne m'aime clairement pas, pour une raison ou pour une autre, elle reste toujours polie. J'espère qu'elle ne s'imagine pas qu'elle sera la prochaine à mettre la main sur un homme aux poches bien remplies. Contrairement à mon père, ce n'est pas parce que j'ai envie de coucher avec elle que je vais l'épouser. Mais je ne dirais pas non à avoir cette reine de glace dans mon lit. Il n'y a rien de plus excitant que de voir une femme coincée se laisser soudainement aller à ses envies les plus profondes.

Aujourd'hui, je dois rejoindre Nadia et Anna chez un tailleur pour essayer la robe de la demoiselle d'honneur et le costume du garçon d'honneur. Ça fait des jours que je n'ai pas vu l'intérieur d'un bar ou d'une boîte de nuit, et je dois maintenant aller faire le pantin pendant qu'on m'habille je ne sais comment. Autant dire que je ne suis pas porté sur les ailes de l'enthousiasme. Pourtant, je ne peux pas laisser passer cette occasion. C'est le parfait moment pour essayer de cerner les intentions de Nadia... Et essayer de cerner le corps d'Anna.

Elles arrivent au magasin parfaitement à l'heure. J'en suis presque surpris. La plupart des femmes que je fréquente aiment arriver en retard, quelle que soit l'occasion, pour faire une entrée remarquée et faire monter la pression.

Nadia m'accueille avec un sourire. Elle a une expression très ouverte et agréable, c'est facile à voir pourquoi mon père, qui est entouré par des gens sévères toute la journée, a été attiré par un tel sourire. Anna ne m'offre qu'une politesse froide, mais je pense que sous cette apparence se cache une femme passionnée. En entrant dans le magasin, elles saluent la vendeuse et le tailleur avec affabilité.

Nadia explique alors ce qu'elle cherche.

— Je n'ai pas envie de faire quelque chose de très compliqué, et comme ça ne va pas être un très grand mariage avec beaucoup d'invités, on a décidé d'avoir seulement un garçon et une demoiselle d'honneur. Alors n'hésitez pas à me donner votre avis sur votre tenue. Comme on s'est rencontrés dans un parc et qu'on se marie en été, j'ai pensé à un thème floral. Donc une robe vert jade pour toi, Anna, et des fleurs dans les cheveux. Moi, je serai habillée en vert pâle, j'ai passé l'âge pour le blanc, et j'aurai aussi des fleurs dans les cheveux plutôt qu'un voile, une tiare, ou autre chose qui fasse trop clinquant.

Je suis presque surpris par sa description. Je m'attendais à un grand mariage, avec une vraie foule d'invités, une robe blanche avec des mètres de traîne, et des bijoux à en éblouir le soleil. Mais même si sa vision de son mariage est différente, ça ne veut pas dire qu'elle ne va pas choisir des choses hors de prix.

— Pour toi, Logan, un costume noir, simple et bien taillé, et une cravate vert jade avec un motif floral assortie à la tenue d'Anna. Qu'est-ce que tu en penses ? Tu portes très bien le costume, je ne pense pas que tu aies besoin d'en faire des tonnes pour être à ton avantage.

Ce n'est pas la première fois que j'entends ce compliment, mais je ne sais pas si j'aime l'entendre de sa part. Si elle pense qu'elle peut utiliser la flatterie pour me mettre dans sa poche, elle se fourre le doigt dans l'œil. Je me contente d'acquiescer — je ne veux pas me la mettre à dos avant d'en savoir plus.

Elle sélectionne quelques robes pour Anna, tandis que le tailleur commence à prendre mes mesures. Je pourrais les lui donner, ce n'est pas la première fois que je me fais faire un costume sur mesure. Mon premier était à sept ans. Mais je veux profiter de ce temps pour observer Anna et Nadia.

Anna essaye une robe après l'autre. Je dois dire que la plupart lui vont très bien. Avec son joli corps, ni trop mince, ni trop pulpeux, et pourtant si féminin, elle est belle dans tout ce qu'elle porte. Mais elle n'a pas l'air très à l'aise, surtout dans les robes un peu trop décolletées ou courtes. Elle n'assume pas sa propre beauté. Je me demande même si elle réalise qu'elle est belle. Je dois m'absenter quelques minutes pour prendre un appel de Marisse, je ne vois donc pas la robe que Nadia choisit, mais au vu de l'expression satisfaite d'Anna, j'imagine que ce n'est pas quelque chose qu'une de mes compagnes habituelles porterait. Je m'y attendais. Mais quand je vois le prix, cette fois, je suis surpris. Elles n'ont pas choisi une des robes les plus chères. Je dirais même qu'à ce prix-là, n'importe qui aurait pu choisir cette robe, pas seulement une femme épousant un millionnaire. Peut-être qu'il va falloir que je teste la fiancée de mon père un peu plus.

Mon costume est une formalité. Je sais comment porter ce genre de tenue sans même avoir à y penser et le couturier connaît son travail. Puis on s'intéresse aux accessoires. Nadia me montre les deux cravates qu'elle a présélectionnées pour moi. Je choisis exprès la plus chère des deux. Elle ne fait pas de commentaire. Anna essaye de se décider pour une paire de chaussures, mais elle a du mal à faire son choix.

— J'aime beaucoup cette paire noire toute simple, mais elle est un peu haute. Je ne marche jamais avec des talons, ça va me faire très mal aux pieds. Les vertes sont d'une hauteur plus acceptable, peut-être même un peu trop basses, mais je n'aime pas du tout ce bouquet de cristaux sur le dessus. Ça fait très bling-bling. Ça ne va ni avec le style de la robe, ni avec mon style personnel. Qu'est-ce que tu en penses, Nadia ?

— Je te fais confiance, ma petite reine, choisis celle que tu penses être la mieux.

Je montre alors une autre paire, qui conviendrait mieux à ce qu'elle veut mais dont le prix est trois fois supérieur à celui des chaussures qu'elle est en train de considérer.

— Il y a celle-ci, sinon. La bonne hauteur, la bonne couleur, et pas de cristaux.

Elles lui jettent un coup d'œil et me réponde toutes les deux en même temps.

— Non !

Anna se détourne pour continuer à évaluer les deux paires de chaussures devant elle, pendant que Nadia me donne une explication.

—Logan, ces talons sont superbes, mais enfin c'est bien trop cher !

Anna hausse alors les épaules.

—Je prends les noires. J'aurais mal aux pieds pendant une soirée, mais ce n'est pas la fin du monde. Je refuse d'avoir aux pieds des chaussures qui coûtent une année de salaire !

Je ne peux m'empêcher de rire à son commentaire, même si j'essaye de ne rien en montrer — surtout parce que je connais de nombreuses femmes que ça ne gênerait pas du tout…

Quand elle n'est pas occupée à me regarder comme si je ne sais rien faire de bien, Anna est très amusante. Je l'entends souvent discuter avec sa tante, et elle a beaucoup d'esprit. Je me surprends même parfois à vouloir écouter leurs conversations. C'est étrange, parce que jusqu'à présent, moins mes conquêtes parlaient, mieux je me portais. Pour l'instant, Anna reste très froide avec moi, bien que je ne sache toujours pas pourquoi. Mais ça ne va pas durer. Elles ne résistent jamais longtemps. Une fois que je me serai fait une opinion définitive sur Nadia, je pourrai me concentrer entièrement sur la conquête de sa nièce. J'ai vraiment hâte de la mettre dans mon lit, elle est si tentante.

Après avoir fini les essayages chez le couturier, je les ramène toutes les deux chez mon père. Lui et Anna s'entendent à merveille, pour le plus grand bonheur de Nadia. Quand je les vois discuter et rire tous les trois ensemble, j'ai l'impression de voir une famille heureuse. Ça me met presque en colère, parce que je n'ai jamais pu participer à un tableau comme ça. Dans mon enfance, mon père était bien trop distant pour que nous ayons ce genre de complicité. Mais en même temps, je réalise aussi à quel point mon père était seul et renfermé ces dernières années. Le voir ainsi est un tel contraste avec l'attitude que je lui connaissais jusqu'à présent que je remarque enfin que mon père a souffert de ses erreurs passées. Presque malgré moi, je ne peux pas m'empêcher de lui souhaiter d'avoir réellement trouvé le bonheur.

Une fois rentrés, je m'éclipse sous un prétexte quelconque, laissant Nadia et Anna seules dans le salon. Je tape des pieds pour faire mine de m'éloigner, mais je reste près de la porte entrebâillée. Je veux entendre ce qu'elles ont à se dire en privé. J'ai besoin de les voir sans les masques qu'elles portent en présence des autres.

Ça ne manque pas. Anna prend la parole moins d'une minute après mon départ.

— Ah, qu'il est agaçant, ce mec ! Il a toujours un avis sur tout, il sait toujours tout mieux que tout le monde, et il veut absolument acheter les choses les plus chères. Bon, pour les chaussures, il n'avait pas tort, celles qu'il proposait étaient vraiment belles. Mais pour le collier que tu veux porter ? Pourquoi est-ce qu'il a proposé cette horreur en diamants roses et perles, et je ne sais quoi d'autre ? C'était hideux. Ou le voile ? Tu veux juste une voilette simple, mais il essaye de te montrer une espèce de tente toute en dentelle qui traîne dix mètres derrière toi. Entre le prix et le côté pratique, ça n'a aucun sens. Il a sans doute essayé de te les faire choisir parce que c'est un m'as-tu-vu et qu'il veut que tout ait l'air cher au mariage de son père. Il n'a vraiment pas changé !

Changé ? Anna me connaît ? Depuis quand ? Et pourquoi elle ne m'a rien dit quand elle a vu que je ne me souvenais pas d'elle ? Qu'est-ce qu'elle essaye de cacher ?

Mais Nadia interrompt mes pensées.

— Peut-être qu'il veut ce qu'il pense être le mieux pour son père. Alexander m'a dit qu'il n'est proche avec aucun de ses fils, à cause des erreurs qu'il a faites en tant que père. Il a peu d'espoir d'un jour se réconcilier avec Frank, mais il veut faire tout son possible pour garder Logan dans sa vie. C'est pour ça que j'essaye d'être agréable avec lui. Je ne veux surtout pas qu'il ait l'impression que je risquerais de me mettre entre lui et son père. Je veux aider Alexander à réparer ses erreurs si je le peux.

— Vous êtes vraiment faits l'un pour l'autre, tu sais. Vous êtes complémentaires. Tu lui donnes le sourire, et il te fait rougir. Je suis heureuse pour toi, Nadia. Et je vais t'aider à avoir le mariage dont tu rêves.

Nadia rit, mais sa voix est sérieuse quand elle continue.

— Tu sais, je ne veux pas un mariage somptueux. Ce n'est pas cette journée unique qui m'intéresse le plus. C'est tous les jours qui viennent après, ceux où on construit une relation, une famille. La cérémonie, c'est surtout pour faire plaisir à nos familles et nos amis. La simple signature du contrat à la mairie m'aurait suffi. Mais Alexander ne veut rien entendre. Il dit que comme c'est mon tout premier mariage, on doit faire ça dans les règles de l'art.

Je suis étonnamment touché par ce que Nadia dit. Ce n'est pas très compliqué de se marier. Il n'y a besoin que d'un peu de solitude – ou de beaucoup d'alcool. Mais faire durer un mariage après la fin de la période de lune de miel est bien plus difficile. Il est bien plus facile de trouver un partenaire de jeu qu'un partenaire de vie. J'ai eu de nombreuses amantes, mais aucune d'entre elles ne m'a donné envie de partager plus qu'une nuit ou deux ensemble. Nadia, en revanche, semble vouloir bien plus qu'une jolie robe blanche. Peut-être qu'elle m'a entendu, peut-être qu'elle sait que je suis derrière la porte et qu'elle joue la comédie… Mais j'en doute. Il y a de la sincérité dans sa voix. J'ai rarement l'occasion d'en entendre dans mon travail et mon cercle de connaissances. Je la reconnais donc aisément parce qu'elle m'est si peu familière.

J'entends rire. Ça doit être Anna puisque ça ne ressemble pas au rire de sa tante. Elle ne rit pas souvent, du moins en ma présence, et je trouve ça dommage parce que le son de son rire me donne une étrange sensation de légèreté dans la poitrine. Sa bonne humeur est contagieuse. Si la sincérité ne m'est pas familière, Anna, elle, l'est. J'ai l'impression de la connaître. Peut-être qu'elle me rappelle une de mes conquêtes. Ce n'est pas tant son visage. Elle est très belle avec ses yeux ambre, ses traits fins, et les foulards ou les serre-têtes dont elle se coiffe et qui lui donnent un air sage qu'on a envie d'ébouriffer à coups de baisers passionnés… Pourtant je ne la reconnais pas comme une amie perdue de vue ou une femme qui aurait partagé mon lit. Pourtant son regard, qui peut être si désapprobateur ou si enflammé, réveille en moi des souvenirs flous que je n'arrive pas à replacer dans ma mémoire.

— Je sais, ma tante. Pas de mariage somptueux. Mais je n'ai pas dit que j'allais t'aider à organiser un mariage qui en met plein la vue à toute une foule. J'ai dit que j'allais t'aider à avoir le mariage dont tu rêves. Aussi simple, petit, discret, privé que tu veux. Tout ce que tu veux, du moment que ça te fait sourire.

— Tu sais ce qui me fera sourire, ma petite reine. Ma seule requête extravagante pour cette journée : je veux faire mon entrée pendant que tu joues *You'll Be In My Heart* au violon.

Anna soupire de façon audible. J'ai l'impression qu'elle se bat entre son envie de faire plaisir à sa tante et une raison personnelle qui rend cette requête difficile. J'entends une boite qui s'ouvre et des cordes qu'on accorde avec douceur et exactitude.

— Je t'ai promis mon aide et je ne suis pas sur le point de revenir sur ma promesse. Mais ça fait des années que je n'ai pas joué. Je ne sais même pas si je me souviens comment faire.

— Tu es bien trop talentueuse pour être devenue médiocre, même après des années. Tu ne joues pas de la musique, tu joues à la musique. Même quand tu étais petite, tu la créais comme d'autres enfants construisaient des maisons en Lego. Tes parents m'ont dit que tu ne jouais plus que le mois dernier. Si j'avais su plus tôt, je t'aurais encouragé à reprendre. La musique fait trop partie de ton être pour que tu puisses l'abandonner sans une lourde conséquence émotionnelle. On va recommencer à jouer ensemble après le mariage. Je veux que tu aies au moins ce réconfort-là. Puisque tu as amené ton violon aujourd'hui, est-ce que tu peux me jouer quelque chose ? Ta musique me manque.

Pendant un long moment, il n'y a pas de réponse. Puis, la première note s'élève, si pure que j'en ai le souffle coupé. La musique qui peu à peu s'écoule de derrière la porte est d'une beauté incroyable, si chargée de sentiments qui viennent autant des notes que de l'interprète que je me perds dedans avec empressement.

Tout à coup, ça me revient.

Je n'ai jamais entendu qu'une seule personne jouer comme ça.

Neige. Cette fille qui allait au même lycée que moi. Elle avait les cheveux presque blancs, les meilleures notes de la classe, et elle me coulait des regards noirs quand elle me croisait qui arrivaient à me faire sentir coupable pour une raison ou pour une autre.

Notre première année de lycée, je me rendais dans l'auditorium avec des copains pour préparer une blague au prof de musique en trempant toutes les flûtes dans de l'eau savonneuse pour en faire sortir des bulles la prochaine fois qu'il nous ferait jouer. Je ne savais pas si ça allait marcher, mais l'idée était très amusante. Très conne, avec le recul… Quand j'étais arrivé, avant mes deux copains qui avaient été retenus en classe à cause de leurs notes, j'avais trouvé Neige toute seule en train de jouer de son violon. Je ne connaissais pas la pièce, un morceau de musique classique, mais c'était si beau qu'elle m'avait serré le cœur.

Quand mes copains m'avaient rejoint, je me tenais encore sur le pas de la porte à écouter Neige faire rire et pleurer son violon. Quand elle jouait ainsi, elle était si belle, comme entièrement perdue dans la musique. Elle n'était qu'à quelques pas de moi, mais j'avais l'impression qu'elle était très loin, dans un autre monde. Son talent était extraordinaire. Pourtant, il n'a pas suffi à apaiser mes copains.

— Qu'est-ce que tu fous planté là, Carter ? Me dis pas que t'aime cette musique. Y a que les vieux et les coincés qui aiment la musique classique.

— Bien sûr que non, tu me prends pour qui, mec ! Je me demande juste qui elle essaye d'impressionner avec ça. A tous les coups, elle veut des points en plus sur sa moyenne, cette fayotte. Elle a déjà les meilleures notes de la classe, mais elle veut toujours faire plus. Elle se croit parfaite ou quoi ?

— Ouais, t'as raison. Elle me gonfle à toujours être la préférée des profs. C'est quoi l'intérêt d'avoir d'aussi bonnes notes à part se la péter ? Elle essaye juste de nous ridiculiser et de nous faire passer pour des idiots.

Anna ne nous avait pas entendus dire toutes ces âneries sur le pas de la porte. Elle était perdue dans la musique. Je l'avais alors interpelée. Je savais que si mes copains continuaient à se monter la tête comme ça, elle allait devenir leur cible au quotidien. Il valait mieux qu'elle s'en aille.

— Bon, de toutes façons, on a besoin de la place pour notre blague. Hé, Neige, espèce de geek ! Tu nous casses les oreilles. Va-t'en, on a besoin de l'espace !

Anna avait sursauté et arrêté de jouer et elle était partie sans un mot. Mais c'est à partir de ce moment-là que les regards noirs avaient commencé. Et ils me faisaient me sentir d'autant plus coupable que j'avais interrompu un moment d'une beauté incroyable juste pour éviter de me faire charrier par mes copains. J'étais un abruti, et l'expression d'Anna me le rappelait à chaque fois d'une façon bien plus marquante que les discours et remontrances de mon père.

Je ferme les yeux.

Aujourd'hui, je l'écoute jouer jusqu'au bout. Je veux la confronter, lui demander pourquoi elle ne m'a pas dit qu'on se connaissait quand je ne l'ai pas reconnue. Mais je ne referai pas la même erreur qu'il y a des années. Je veux l'écouter jusqu'à la dernière vibration de la dernière note de musique.

Chapitre 8

– Anna –

Logan m'a reconnue.

On ne peut pas dire qu'il soit rapide à la détente, mais j'imagine que ça devait bien arriver à un moment ou à un autre. Il n'était pas content que je ne lui ai rien dit, mais il a eu l'air tellement ahuri quand il a réalisé qui je suis que ça valait le coup de supporter son mécontentement juste pour voir sa tête. Et depuis, il ne m'appelle plus que Neige. Je n'aime pas ce surnom, mais je sais que s'il le réalise, il l'utilisera encore plus pour me casser les pieds. Il n'a pas vraiment grandi depuis le lycée. Il va pourtant falloir que je supporte son attitude puérile pour les semaines à venir.

Aujourd'hui, je dois le retrouver pour nous rendre à une dégustation de gâteaux et de champagne pour le mariage. Nadia ne peut pas nous accompagner à cause du travail, mais elle me fait confiance pour faire un choix en son nom.

Nous avons rendez-vous à quatre heures, juste après que je finisse le service de midi au restaurant, mais quand j'arrive, pourtant parfaitement à l'heure, Logan semble déjà sur le point de signer le contrat avec le pâtissier.

— Qu'est-ce que tu fais ?

Il me lance un clin d'œil, comme si nous étions complices.

— Ne t'inquiète pas, je me suis déjà occupé de tout, tu n'as plus à te soucier de rien. J'ai l'habitude d'être efficace au travail. Si tu veux, je t'apprendrai... Avec une leçon privée.

Je roule si fort des yeux que j'ai peur qu'ils ne restent bloqués. Logan n'a pas arrêté d'essayer de flirter avec moi, c'est agaçant. Honnêtement, qu'est-ce qui lui prend ? Est-ce qu'il s'imagine vraiment qu'il a une chance avec moi ? Même s'il ne m'avait pas tourmentée au lycée, s'il n'était pas la raison pour laquelle j'ai été virée de mon job d'été, je ne serais pas intéressée. Il y a de nombreuses rumeurs qui circulent sur lui dans notre ville, et aucune n'est flatteuse. Même si je ne suis pas du genre à croire à tous les ouï-dire, surtout ceux qui sont clairement des exagérations ou même des mensonges complets, j'ai vu des preuves de certains d'entre eux.

Les Carter sont très connus ici, et le retour de Logan après tant d'années a fait des vagues. Il y a quelques jours, mes collègues du restaurant parlaient de lui et m'ont montré des photos d'articles de presse mondaine, le montrant dans divers bars et clubs à la mode, avec toujours une femme sublime, mais différente au bras. C'est un grand fêtard et un Don Juan sans scrupule, qui boit, couche à droite et à gauche, et dépense son trop-plein d'argent dans les choses les plus frivoles et les moins morales. Un article disait même que c'était un client régulier des clubs de strip-tease les plus en vue de New York et de Las Vegas.

Ça ne me surprend pas du tout. Même au lycée, il avait cet air de playboy qui est maintenant encore plus évident avec l'expression si arrogante que son beau visage affiche en permanence. Même en cet instant, il me regarde comme si j'étais une friandise qu'il a tous les droits de goûter.

Je le coupe avant qu'il n'ait le temps de dire autre chose de mauvais goût.

— Non, ce n'est pas comme ça que ça marche. Il y a une raison pour laquelle ma tante nous a demandé de travailler ensemble. Je sais ce qu'elle aime et tu sais ce que ton père préfère. C'est pour ça qu'on doit prendre les décisions tous les deux ensemble. Pour organiser un mariage qui leur ressemble.

Mais il ne m'écoute pas. Il n'écoute jamais personne.

— J'aime que tu dises *ensemble* si souvent. Tu sais, le travail d'équipe, le rapprochement des parties, et tout ça, c'est mon truc. Je peux te montrer si tu veux.

Je me demande si je risque d'être mise à la porte de la pâtisserie si je lui enfonce la tête dans un gâteau.

— Au lieu de faire le malin, dis-moi plutôt ce que tu as choisi.

Il me sourit d'un air séducteur. Bon sang ! Il est tellement beau que mon cerveau se vide pendant quelques secondes, mais je me reprends vite. Je ne suis pas surprise que toutes les filles qui ne s'intéressent qu'à l'apparence lui tourne autour sans arrêt. C'est un cadeau empoisonné dont l'emballage est particulièrement réussi. Mais dès qu'on s'intéresse à son esprit ou à son cœur, on se rend compte qu'il y a très peu de contenu. Je le sais sans le moindre doute, pourtant je ne peux pas m'empêcher d'être troublée un instant par son attrait physique indéniable. J'espère simplement qu'il ne l'a pas remarqué.

— Pour le champagne, j'ai pris le package premium. C'est vraiment le meilleur champagne de loin, et il y en aura assez pour que tout le monde puisse vraiment en profiter. Peut-être qu'on devrait inclure des aspirines dans les cadeaux aux invités, au fait. Ça sera très utile le lendemain.

— Mais le package premium est hors de prix. C'est trois fois plus cher que le basique.

Il hausse les épaules.

— Mais pour le coup, le champagne est vraiment meilleur, et tu veux le meilleur pour ta tante, non ? Et puis, si c'est l'argent qui t'inquiète, ne t'en fais pas, on a tout ce qui faut. Autant que ça serve à quelque chose d'épouser un mec riche. On peut l'organiser dix mille fois, ce mariage. Si tu veux, je pourrais même t'en faire profiter. Je ne te promets pas le mariage, hein, mais je connais un petit bijoutier où tu trouveras quelque chose à ton goût, si tu veux.

Je ne relève pas. Les gens qui ont trop d'argent et pas assez de cœur ou de discrétion m'horripilent. J'ai envie de lui faire avaler la carte bancaire qu'il agite sous mon nez. Mais je me retiens pour le bien du mariage de Nadia. Je prends une grande respiration avant de répondre d'un ton égal.

— A mon avis, c'est une dépense inutile, mais tu t'y connais sans doute bien mieux en champagne que moi, alors je te laisse le soin de cette décision. Mais j'aimerais savoir quel gâteau tu as choisi.

— Un gâteau sur trois étages aux amandes et à l'orange, décoré avec des fleurs en sucre roses et bleues.

Il a l'air très fier de lui. J'aimerais dire que je me sens coupable de devoir le contrarier quand il paraît si satisfait de ses efforts, mais je ne veux pas être une menteuse en plus d'être mesquine.

— Nadia déteste le bleu et elle est allergique à tous les fruits à coque. C'est pour ce genre de chose qu'on doit travailler ensemble. Pour organiser un beau mariage et pour éviter d'envoyer un des mariés à l'hôpital.

Je passe presque une demi-heure à goûter différents gâteaux, pendant que Logan regarde par-dessus mon épaule et fait constamment des suggestions que je dois refuser l'une après l'autre. Enfin, après ce qui me semble être des heures de discussion, nous tombons enfin d'accord sur un gâteux de deux étages au miel et à la lavande, avec une décoration simple et élégante en blanc, mauve, et doré. Nous n'avons fait que choisir un gâteau, et pourtant je suis aussi épuisée qu'après un service de midi au restaurant. Logan est fatigant.

Un fois partis de chez le pâtissier, qui semble soulagé de se débarrasser de nous et de nos chamailleries, je sors la liste de toutes les tâches qui nous restent à accomplir pour tout organiser.

— Bon, on a nos tenues et le gâteau. Ensuite, on doit voir le fleuriste pour la déco et le bouquet de la mariée, et il faut qu'on trouve un groupe pour la musique. Ma tante voulait juste brancher son téléphone à la sono et jouer une de ses playlists, mais apparemment, Alexander tient absolument à avoir leur première danse jouée par des musiciens professionnels. La seule chose qui m'inquiète, c'est qu'avec son talent musical, Nadia risque de ne pas aimer les musiciens qu'on choisit. Il va falloir qu'on en choisisse des bons, ou elle va passer tout son mariage avec les oreilles qui pleurent.

Logan n'a pas l'air du tout préoccupé par ce que je dis.

— Toi aussi, t'es pas mauvaise musicienne, si je me souviens. Pourquoi tu jouerais pas ?

— A la demande de Nadia, je vais accompagner l'arrivée de la mariée au violon, mais je ne vais pas passer toute la soirée à jouer.

— Si tu veux, je peux te laisser jouer avec moi, chérie…

Il ne s'arrête jamais de parler ? Je serre les dents et je continue à ignorer ce qu'il dit.

— On peut rencontrer le premier groupe dans deux jours, si ça te va, mais vu les disponibilités du fleuriste et mon emploi du temps, on ne pourra pas le rencontrer avant la semaine prochaine. Ça te convient ?

— Je suis dispo quand tu veux. J'arrive à faire mon boulot mieux que n'importe qui dans mon entreprise même depuis le Colorado. C'est du talent pur. Donc mes boss me laissent décider de mes heures, du moment que je continue à leur rapporter autant d'argent. Je rencontrerai tous les groupes et le fleuriste cette semaine, ne te prend pas la tête. Comme ça, tout sera fait rapidement. Et avec le temps qu'on aura gagné comme ça, je suis sûr qu'on arrivera à faire quelque chose d'intéressant. Dis-moi ce que tu veux et tu l'auras. J'ai mes entrées partout. Et toi, tu as tes entrées dans mon lit quand tu veux.

Mais qu'il est lourd. Pourtant, il paraît qu'il a des tonnes de filles à ses pieds. Qui peut être assez bête pour se laisser séduire par des fadaises pareilles ? A moins que la taille de son porte-monnaie ne rende certaines femmes sourdes à ses mots absurdes.

— Comme je l'ai déjà dit, il faut qu'on prenne des décisions ensemble. Le mariage doit représenter l'union de Nadia et d'Alexander, donc leurs goûts à tous les deux. J'ai fait connaissance d'Alexander il y a seulement quelques jours, et apparemment tu ne connais pas ma tante assez bien pour éviter de la tuer par erreur.

Son téléphone sonne, et il y répond sans hésiter, se moquant bien de ce que je raconte. Cet homme est insupportable. J'attends presque vingt minutes qu'il termine avant de l'informer du jour et de l'heure à laquelle j'ai l'intention de rencontrer le fleuriste. Il hoche la tête mais je vois bien qu'il ne m'écoute pas. Dans les jours suivants, je lui envoie un rappel pour tous nos rendez-vous. En retour, je ne reçois que des propositions ambiguës et des tentatives de flirter plus stupides les unes que les autres.

Malgré tout, le lundi précédant le rendez-vous, le fleuriste m'appelle pour confirmer la commande de roses, d'hortensia, et de je ne sais quelle autre fleur. Un mélange de rose et de bleu. Pendant un moment, je crois vraiment à une blague, mais le fleuriste me confirme que c'est vrai. Furieuse, je lui dis que la commande doit être annulée immédiatement et que je le rappellerai. Puis je pianote le numéro de Logan avec bien plus de force que je n'en ai besoin.

— Logan, qu'est-ce que c'est que cette histoire ? Des roses, et je ne sais pas quoi, en rose et en bleu, en plus. C'est une blague ? Je t'ai dit qu'on y irait ensemble. Pourquoi t'as décidé d'y aller tout seul ?

— J'avais le temps, j'en ai profité. Je n'ai pas envie de devoir attendre que tu sois disponible à chaque fois, c'est chiant.

Il n'y a aucun remord dans sa voix. Au contraire, il paraît s'ennuyer un peu, et même être agacé par le fait que je lui demande des comptes.

— D'ailleurs, j'ai aussi rencontré un deuxième groupe hier, mais ils ne vont pas aller, ils sont trop ringards.

— Ne me dis pas que tu parles des WedRingers ?

De tous les groupes que j'ai recherchés, ce sont mes préférés. Ils ont du talent et de l'âme quand ils jouent. Ils auraient vraiment plus à Nadia.

— Oui, voilà, c'est eux. C'est vraiment pas top, leur musique. Pas assez de punch.

— On organise un mariage, pas une fête d'université. On n'a pas besoin de punch, on a besoin de romance. Tu vois, c'est comme pour le gâteau, c'est le genre de décision qu'on doit prendre ensemble. Je sais que je commence à ressembler à un disque rayé, mais j'ai l'impression que tu n'écoutes pas du tout ce que je dis !

En effet, il n'écoute pas du tout.

— Ah, le gâteau, ce n'est pas grave. Pourquoi je m'intéresserais à un gâteau alors que je parle à une sucrerie comme toi ?

Je commence à bouillir, mais je me retiens encore.

— Je rappellerai les WedRingers, en espérant qu'il n'est pas trop tard. Et j'ai déjà annulé la commande du fleuriste. On ira au rendez-vous comme prévu pour faire une deuxième commande.

Il soupire au bout de la ligne.

— Tu es vraiment coincée ! Mais ne t'inquiète pas, je connais d'excellents exercices pour aider avec ça. Je suis une sorte de spécialiste pour assouplir le corps. Qu'est-ce que tu en dis ? On peut manger ensemble ce soir. On ira dans le restaurant que tu veux, ou je ferai venir un chef chez moi. C'est l'avantage d'avoir de l'argent, on peut faire ce qui nous plaît. Et après dîner, on se fera un petit entraînement privé.

Ça y est, j'ai atteint mes limites. Je ne peux pas me retenir plus longtemps. Ça fait des jours que je garde le silence, mais je n'en peux plus.

— Écoute-moi bien, espèce d'ahuri. Ça fait des années que j'ai trois jobs, et pourtant je n'ai jamais été aussi épuisée qu'après quelques jours à travailler avec toi ! Tu n'es qu'un gamin avec un compte en banque bien rempli, qui fait ce qu'il veut sans avoir la moindre pensée pour les autres.

— Mais…

— Depuis l'adolescence, tu me pourris la vie ! Tu t'es moqué de moi avec tous tes potes à la moindre occasion, tu m'as trouvé un surnom idiot en te croyant malin, et tu m'as même fait perdre un job à cause d'une blague débile.

Il ouvre la bouche et s'apprête à dire quelque-chose mais quand je suis lancée, je ne peux plus m'arrêter…

— Non, tais-toi ! Même maintenant, tu ignores complètement ce que je dis, tu ne prends même pas la peine d'essayer de travailler avec moi, et tu nous prends de haut, ma tante et moi, simplement parce qu'on est moins riche que toi. Tu me gâches la vie sans arrêt. Mais tu ne gâcheras pas ce mariage. Je te l'interdis !

Je me mets rarement en colère, mais je retiens toutes ces émotions depuis le lycée. Maintenant que le barrage est ouvert, les mots se déversent de moi avec une telle puissance que j'en ai le souffle court.

— Alors tu peux bien traîner ton arrogance et ta carte bancaire d'un bout à l'autre de la ville pour essayer d'impressionner tes admiratrices habituelles, mais je ne suis pas intéressée. Ni par toi, ni par ton argent. Je ne suis peut-être pas millionnaire, mais au moins, je ne passe pas toutes mes soirées dans des clubs de strip-tease, à boire et à faire je ne sais trop quoi d'autre, et je n'ai pas besoin d'utiliser ma fortune pour appâter les gens autour de moi. Joue les play-boys autant que tu veux, mais tiens-toi en dehors de mon chemin. Tu me répugnes ! Je ne sortirais pas avec toi même si tu étais le dernier homme sur cette planète. La seule raison pour laquelle je tolère ta présence est que Nadia me l'a demandé, et je veux lui faciliter la vie à l'approche de son mariage. Mais toi et moi, ça s'arrête là. Je me suis bien fait comprendre ?

Je n'attends pas sa réponse. Je suis trop furieuse, et tout ce qu'il pourrait dire pour se défendre ne ferait que me mettre encore plus en colère. Je regrette presque de m'être emportée comme ça, car je ne sais pas si nous allons pouvoir continuer à travailler ensemble pour préparer le mariage de Nadia et Alexander. Mais ça me pesait depuis trop longtemps et je ne pouvais plus me retenir. Tant pis. Demain, je pourrai peut-être essayer de corriger le tir. Mais à cet instant, je me sens incroyablement satisfaite. Je tourne les talons et je le plante là.

Chapitre 9

− Logan −

Je suis sonné. Assis dans le canapé du salon chez mon père, je regarde la télé sans vraiment la voir ni l'entendre. Je n'arrive pas à me sortir les mots d'Anna de l'esprit. Ils se sont installés dans mon cerveau comme s'ils y habitaient, et j'ai beau essayer d'expulser ces squatteurs, ils refusent de bouger. J'entends sa voix en boucle, encore et encore, me traitant d'ahuri, de gamin, et de play-boy, et je ne sais pas quoi d'autre. Ce n'est pas la première fois qu'on m'insulte. Des rivaux, des jaloux, des conquêtes délaissées, il y en a toute une liste. Mais c'est la première fois que ça me touche assez pour que je ne puisse pas arrêter d'y songer.

Anna a toujours eu ce talent pour m'atteindre plus profondément que n'importe qui d'autre. Même quand nous étions au lycée, ses regards, ce qu'ils reflétaient sur mon comportement, me donnaient envie de détourner les yeux, de m'en aller. Peut-être que c'est pour ça que j'aimais quand mes copains se moquer d'elle. Parce qu'elle arrivait à me faire me sentir tout petit pour ce que je faisais, et que j'avais envie que d'autres la rabaissent aussi, même si elle ne le méritait pas. C'est plus facile de diriger sa colère vers les autres qu'envers soi-même.

Quand j'étais adolescent, je me comportais mal pour obtenir une réaction de mon père, lui qui était toujours aussi impassible malgré ses critiques. Même si la raison me paraissait alors justifiée, le fait est que j'ai rendu la vie difficile à de nombreuses personnes. Beaucoup de ceux qui n'étaient pas mes cibles s'en amusaient. D'autres savaient que ma famille était aisée et se disaient simplement que c'était comme ça que les gens riches se comportent. Anna était la seule en dehors de ma famille à me reprocher mon attitude, comme si elle s'attendait à mieux de moi. C'était la seule. A l'époque, je croyais que même mon père n'attendait pas mieux, parce que mieux, c'était mon frère, pas moi.

Et maintenant encore, dix ans plus tard, elle a plus de principe et d'intégrité que la plupart des gens que je connais. Et elle attend de moi que j'en ai autant. Elle ne me laisse pas en faire à ma tête simplement à cause de mon statut. C'est incroyablement agaçant, et pourtant, c'est encore plus impressionnant.

Je zappe d'une chaîne à l'autre sans prêter attention à ce qui s'affiche sur l'écran. Je suis incapable de me concentrer sur autre chose que sur les paroles d'Anna qui résonnent encore et encore dans ma tête. Bien malgré moi, malgré mon attitude passé et mon agacement présent, je dois bien admettre que je l'admire. Il y a très peu de gens que j'admire – j'ai vu trop souvent l'envers du décor pour encore me laisser à ce genre de sentimentalité. Mais elle fait partie de ces rares personnes. Encore plus, c'est la première femme pour qui j'ai à la fois du désir et de l'admiration. C'est une combinaison dangereuse.

Je continue à passer d'une chaîne à l'autre. Il y a des émissions de télé-réalité, des clips musicaux, des sitcoms, des émissions de variétés, mais rien ne retient mon attention. J'ai envie de revoir Anna. L'appeler, peut-être ? Lui parler, lui expliquer ? Mais ce n'est pas une bonne idée. Qu'est-ce que je lui dirais ? Je ne sais même pas ce que je ressens vraiment pour elle. Elle m'attirait, mais ce n'est pas le genre de femme qu'on met dans son lit pour une nuit de plaisir avant de l'oublier. D'un autre côté, une relation est hors de question. Je n'ai ni le temps ni l'envie de m'engager dans quelque chose comme ça. Et puis, j'admire Anna à présent. Mais qu'est-ce qui me dit que je ne perdrais pas ce sentiment en me rapprochant d'elle ? L'intimité d'un couple peut révéler bien des choses qui auraient dû rester cachées. Non, il n'est pas question de commencer une relation avec elle. Et puis, après ce qu'elle m'a dit, je doute sérieusement qu'elle en ait envie.

Alors je me contente de rester là, sur le canapé, à regarder dans le vide. Quand mon père entre dans la pièce, il s'assoie dans le fauteuil de l'autre côté de la table basse. J'arrête alors de zapper. La chaîne sur laquelle nous sommes tombés diffuse un documentaire sur les différents écosystèmes à travers les États-Unis. Les paysages sont spectaculaires et les commentaires sont instructifs, mais je n'arrive pas à y prêter attention. Nous restons silencieux un long moment. Ce n'est pas facile de trouver quoi se dire après des années de laconisme et d'incompréhension mutuelle.

Après un long moment, mon père prend une inspiration.

— Nadia m'a dit qu'Anna et toi, vous avez bien fait avancer les préparatifs de notre mariage.

Je sens un petit frisson d'être associé à Anna dans les mots d'un autre.

— Oui, on a déjà coché pas mal de points. Il reste encore beaucoup de choses à faire, mais je pense qu'on est sur la bonne voie.

Mon père parait surpris. Peut-être est-ce que parce que, pour une fois, je ne réponds pas avec un sarcasme et que je n'essaye pas d'éviter la conversation. En grandissant, je n'ai pas eu une relation facile avec mon père, mais je dois bien admettre que je n'y ai pas mis beaucoup du mien non plus. C'est bien la première fois qu'une telle pensée me vient. Qu'est-ce qui m'arrive ?

Mon père m'adresse un petit sourire qui n'a rien d'ironique ou de condescendant.

—Je te suis vraiment reconnaissant de prendre mon mariage autant au sérieux. Pendant un moment, je pensais que c'était trop t'en demander. Mais Nadia m'a fait comprendre que c'était une bonne occasion pour qu'on se rapproche. On a été assez distants ces dernières années, toi et moi. Ça nous donne une chance de reconnecter, tu ne penses pas ? Et en te faisant participer aux préparatifs, Nadia voulait aussi te montrer qu'elle n'essaye pas de se mettre entre toi et moi, et qu'elle ne veut pas non plus remplacer ta mère. J'espère que tu as pu comprendre son intention. Elle a vraiment bon cœur, je te promets.

En entendant mon père parler, c'est à mon tour de sourire. Pour commencer, j'avais une très mauvaise impression de Nadia. En partie à cause de mes propres préjugés, mais aussi par expérience. Mais après l'avoir côtoyée régulièrement ces quelques semaines, mon opinion a déjà beaucoup changé. Non seulement je suis à présent convaincu qu'elle n'est pas une croqueuse de diamants, mais j'ai aussi commencé à apprécier sa gentillesse. Ce n'est pas chose courante dans le milieu dans lequel j'évolue – ce qui en fait quelque chose d'encore plus remarquable à mes yeux. D'une certaine manière, Nadia me rappelle Marisse. Toutes les deux ont un naturel maternel qui me donne une sensation de bien-être que je ne trouve nulle part ailleurs.

— Oui, j'ai remarqué ça. Elle a l'air d'être de très bonne compagnie. En tout cas, c'est ce qu'Anna me répète. Elle aime beaucoup sa tante, je crois.

— Nadia est un peu comme une seconde mère pour elle. Bien que je ne sois pas un exemple moi-même, les parents d'Anna n'ont pas toujours été là pour elle quand elle en avait besoin, et Nadia a souvent été là pour la réconforter et l'épauler. Elles sont très proches. Et quand elles jouent de la musique ensemble, c'est une merveille.

— Tu les a déjà entendues ?

— Oui. Nadia m'a fait écouter des enregistrements, c'est vraiment incroyable. J'espère que j'arriverai à les convaincre de jouer pour nous un soir. Nadia n'a pas de problème pour ça, mais Anna ne joue plus depuis un long moment. Elle devait aller au conservatoire, mais son père a des problèmes de santé, et elle a dû trouver du travail immédiatement pour aider à payer pour ses soins. Elle m'épate, cette petite. Je n'ai jamais vu qui que ce soit travailler aussi dur qu'elle, et elle ne le fait même pas pour elle-même. J'espère que bientôt, sa situation va s'arranger et qu'elle n'aura pas besoin de tant travailler. Vous vous entendez bien tous les deux ?

J'ai presque envie de rire. Comment répondre à cette question ? Mais ce dit mon père me rappelle l'échange que j'ai surpris entre Anna et Nadia. Avec son talent, je ne suis pas surpris qu'Anna ait été prise dans un conservatoire. Je n'ai jamais entendu de musicien qui semble parler directement à mon cœur comme elle le fait. Quand elle joue du violon, ce n'est pas seulement de la musique, ce sont des sentiments purs, comme si elle se mettait à nu avec chaque note. Ça m'attriste vraiment qu'elle n'ait pas pu poursuivre ses études comme elle l'avait prévu. Le monde musical n'en est que plus pauvre. Mais ce n'est pas ce qui me pince vraiment le cœur, c'est qu'elle ne joue même plus pour son propre plaisir. Quand nous étions au lycée et que j'avais la chance de la surprendre en train de jouer, je voyais sur son visage une joie et une sérénité que je n'avais jamais ressentie moi-même. J'en avais presque été jaloux – quelle sensation extraordinaire ça doit être de ressentir une telle allégresse. Qu'est-ce qui a pu la pousser à abandonner quelque chose qui lui procure un bonheur si rare ? La maladie de son père est la raison pour laquelle elle n'est pas allée au conservatoire. Peut-être que la perte de son rêve lui a fait déposer son violon pour de bon. Elle ne veut sans doute pas qu'il lui rappelle sans arrêt ce à côté de quoi elle est passée.

Moi aussi j'ai mis mon rêve de côté.

Ça fait des années que je n'ai pas touché à une moto. Mais je n'ai pas une raison aussi noble que la sienne. Quand je suis entré dans le monde de la finance, j'ai tellement endormi mes sens à coups de gros sous, d'alcool, et de filles faciles, que j'ai perdu tout intérêt pour ce qui ne fait pas partie intégrante de ce style de vie. En courant constamment après les plaisirs faciles, j'ai tourné le dos à ce qui me passionnait quand j'étais plus jeune.

Réaliser cela me donne une sensation de colère brûlante. Une fois de plus, Anna me force à me confronter à cette image de moi que je refusais de voir jusqu'à présent. Elle n'a même pas besoin d'être dans la pièce pour m'amener à remettre en question mon comportement tout entier. Elle a vraiment un don particulier. A cet instant, je prends la résolution d'arriver à la convaincre que je ne suis pas aussi mauvais qu'elle le pense. Je veux profiter du temps qu'on a ensemble jusqu'au mariage pour lui donner une meilleure opinion de moi. Et je ne veux pas dire que j'ai l'intention de l'endormir avec des paroles vides. Elle ne se laisserait pas convaincre si aisément. Non, je veux le mériter réellement, à travers mes actions bien plus que mes mots. Je veux que, pour une fois, je ressente de la fierté plutôt que de la honte quand elle pose son regard sur moi.

Je souris à mon père.

— On ne s'entend pas encore très bien. Je n'étais pas très sympa avec elle au lycée. On peut être vraiment stupide quand on est jeune. Mais je te promets que je vais faire de mon mieux pour changer ça.

Il a de nouveau une expression surprise. Ça me paraît toujours étrange de voir ses expressions si marquées sur ses traits. Je suis tellement habitué à son visage impassible que je suis encore étonné du changement. De même, il ne semble pas habitué au fait que je sois si coopératif. Mais... ce sont des changements qui me plaisent.

— Merci, Logan. Nadia et moi apprécions vraiment ton aide. A ce propos, on aurait une chose de plus à te demander, si tu veux bien.

— Dis toujours, je vais voir ce que je peux faire.

— Comme tu le sais, Anna travaille trois jobs pour aider son père. Elle n'a presque jamais le temps de se détendre, ou même de dormir correctement. D'après Nadia, ça fait des années qu'elle n'a pas dormi plus de cinq heures d'affilé. Mais elle a aussi sa fierté, et elle n'accepterait pas que je lui donne simplement de l'argent. Ses parents n'ont pas travaillé pendant des années, dépendant de cadeaux d'amis ou de l'État quand ils pouvaient les avoir. Ça lui a donné horreur de dépendre des autres et de recevoir de l'argent sans le mériter. C'est pour ça qu'elle travaille jusqu'à épuisement. Le but de lui demander d'aider avec le mariage est de nous donner une excuse pour la payer assez pour qu'elle puisse démissionner d'un de ses jobs. Son poste de gardienne de nuit dans un parking serait idéal. Elle pourrait avoir des horaires plus réguliers, mieux dormir, et être moins épuisée. Nadia s'inquiète pour sa santé. Mais elle n'acceptera pas. Elle a vraiment des principes très forts. Alors on a besoin que tu nous aides à la convaincre.

Je n'aurais pas cru que je puisse être encore plus impressionné par Anna, et pourtant, on vient de me prouver le contraire.

— C'est une bonne idée de lui donner un coup de main. Je vous aiderai à la convaincre, pas de soucis.

— Merci, Logan. Quand je dirai ça à Nadia, elle va être ravie.

A chaque fois qu'il dit le nom de sa fiancée, il sourit involontairement. Je crois qu'il ne le réalise même pas. Au début, j'avais des doutes sur sa relation, mais je vois bien à présent que j'avais tort. Pour être honnête, j'envie mon père et Nadia. Je n'ai jamais rencontré qui que ce soit qui me donne envie de sourire à chaque fois que je pense à eux. Je ne connais pas grand monde qui ait une personne comme ça. Marisse paraît heureuse dans son mariage. Elle sourit souvent quand elle parle des plans qu'elle a avec son mari pour un week-end ou un autre. Mais c'est bien la seule à qui je peux penser. Mes collègues ne sont pas exactement des exemples quand on parle de félicité conjugale.

— Tu es vraiment heureux, alors ? Avec Nadia, avec votre mariage, et votre futur ensemble ? Tu n'as pas le moindre doute, la moindre hésitation ? Tu as l'air changé, je dois bien l'admettre. Elle doit avoir une bonne influence sur toi.

— Oui, fils, je suis vraiment heureux. Grâce à elle, j'ai l'impression d'avoir commencé une nouvelle vie. J'ai fait beaucoup d'erreurs et je suis passé à côté de beaucoup de choses dans le passé, mais elle m'aide à redécouvrir la valeur des choses simples, à ouvrir les yeux, et à corriger mes fautes passées. Elle m'a donné une deuxième chance de vivre.

Ses mots me touchent vraiment. Une deuxième chance de vivre et de trouver le bonheur. C'est un don magnifique. J'ai l'impression d'enfin réaliser qu'ils s'aiment vraiment. J'ai hâte qu'ils se marient. Quand on tient une telle opportunité, il ne faut pas la laisser filer entre ses doigts.

— Toutes mes félicitations à vous deux. Je vous souhaite beaucoup de bonheur.

Je crois qu'il sent ma sincérité et il me serre la main avec beaucoup de chaleur. A partir d'aujourd'hui, je vais tout faire pour travailler avec Anna et organiser un mariage dont ils se souviendront toute leur vie.

Chapitre 10

– Anna –

Je soupire mais je ne ralentis pas le pas. Je n'ai vraiment pas hâte de me retrouver de nouveau face à face avec Logan. Ça fait deux jours que je lui ai crié dessus et je n'ai toujours pas de nouvelles. Soit il s'en moque complètement et a trouvé une fille et une bouteille d'alcool pour s'amuser, soit il l'a mal pris et refuse de continuer à coopérer avec moi. Il va sans doute falloir que je lui présente des excuses. Non pas que je pense avoir dépassé les bornes. Logan méritait largement d'entendre ce que je lui ai dit. Mais ma tante nous a demandé de l'aide pour son mariage, alors je suis prête à m'excuser devant cet idiot si ça l'incite à coopérer avec moi. Il n'y a rien que je ne ferais pas pour Nadia.

Quand j'arrive enfin en vue du fleuriste, je vois la voiture de sport de Logan déjà garée devant. Je crains le pire. Est-ce qu'il a recommencé à tout faire par lui-même sans m'attendre ? Je soupire de nouveau. Comment est-ce qu'un seul homme peut compliquer ma vie à ce point ?

— Bonjour, Anna.

Je sursaute et fais volte-face. Logan se tient juste derrière moi. Je ne l'ai pas entendu arriver, je pensais qu'il était déjà dans la boutique.

— Tu m'as fait peur !

— Je suis désolé, ce n'était pas mon intention.

Je le regarde attentivement et je ne vois aucune trace de malice sur son visage. On dirait qu'il n'avait vraiment pas l'intention de me faire sursauter.

— Ce n'est pas grave. Tu as déjà vu le fleuriste pour la nouvelle commande ?

— Non, je t'attendais. On doit discuter de ces choses ensemble, non ?

Je suis si surprise que j'en reste presque sans voix.

— Oui, tu as raison. Euh, merci. J'espère que tu n'as pas attendu trop longtemps.

Je suis déroutée, je ne sais pas comment réagir quand il se comporte comme ça.

— Tiens, avant qu'on y aille, mon père m'a demandé de te faire passer ça.

Il me tend une enveloppe. Je regarde à l'intérieur et je reçois un nouveau choc. C'est un chèque dont le montant suffirait à couvrir un mois de salaire pour un de mes trois jobs.

—Que… Qu'est-ce que c'est que ça ? C'est pour un acompte pour le mariage ?

Mais je vois que le chèque m'est adressé. Logan confirme mes suspicions.

— Non, c'est pour toi.

Je lui tends immédiatement l'enveloppe pour qu'il la reprenne. Je sens mon visage brûler. Je n'ai pas honte d'avoir peu d'argent. Je travaille dur et je ne compte pas sur les autres pour m'en sortir. Ma situation est loin d'être idéale, mais je fais de mon mieux. Mais je déteste qu'on essaye de me faire la charité. Je ne suis pas comme mes parents, je suis prête à tirer mon propre poids dans cette société. Je refuse d'être un fardeau pour qui que ce soit.

— Je ne veux pas de cette aumône. Je n'ai pas besoin qu'on me donne les restes.

Il ne la reprend pas, alors je la pousse contre sa poitrine. Il m'attrape le poignet. Je me fige. Je sens la chaleur de sa main sur ma peau, et ça me trouble. Je ne sais pas trop pourquoi. Il ne me serre pas fort, pourtant, je sens qu'il pourrait complètement m'immobiliser s'il le voulait. Il a une carrure très athlétique. Chez certains hommes, ce n'est que de la gonflette, mais chez Logan, il a clairement la force correspondant à ses muscles. Pourtant, il n'en fait pas le moindre usage avec moi. Il se contente de me tenir le poignet avec la douceur de deux amants se tenant la main.

Mon visage brûle encore plus fort et je retire brusquement mon bras. Il me laisse aller sans résistance. Je n'arrive pas à le regarder en face.

— Ne t'inquiète pas, mon père ne te fait pas l'aumône. Comme on organise le mariage pour lui, il nous paye un salaire comme si nous étions des professionnels. Moi aussi, j'ai reçu un chèque.

Je suis un peu suspicieuse.

— Vraiment ?

Il sort une enveloppe portant son nom de sa veste.

— J'ai déposé le chèque en chemin, et si tu veux, on ira à ta banque pour que tu fasses pareil après qu'on aura réglé la commande avec le fleuriste. On va en recevoir un par semaine jusqu'au mariage, en compensation de notre temps et nos efforts.

Ma fierté veut refuser, mais mon compte en banque trop vide pour acheter les médicaments dont mon père a besoin ce mois-ci me pousse à accepter.

—Okay, je comprends. Je remercierai Alexander quand je le verrai. Mais il va falloir qu'on fasse vraiment un bon boulot avec ce mariage pour mériter cet argent.

J'essaye de garder un ton égal, mais ça résonne presque comme un avertissement. J'espère que Logan va enfin se décider à coopérer avec moi plutôt que de n'en faire qu'à sa tête. Je refuse d'être payée pour un résultat ni fait ni à faire.

Il se contente de hocher la tête.

— Ça marche. Si on s'y met à deux, je suis sûr qu'on va réussir à faire quelque chose de bien.

Décidément, aujourd'hui je vais de surprise en surprise. Mais je ne suis pas le genre de personne à tenter le diable. Son accord me suffit pour le moment, je ne vais pas lui en demander plus et risquer qu'il ne retombe dans son attitude passée.

Le fleuriste nous accueille avec empressement. Le mariage d'Alexander Carter est un événement dans ma ville natale. Après tout, c'est une figure proéminente de la haute société régionale et du monde de la finance internationale. C'est une vraie aubaine pour les vendeurs locaux. Mais malgré ses contributions bienveillantes, Logan et moi n'arrivons pas à tomber d'accord sur quoi que ce soit.

— Des fleurs de freesia ? Il y en a de toutes les couleurs, ce sera plus simple pour assortir avec le reste du décor.

— Non, l'odeur donne des maux de tête à mon père. C'est trop puissant. Des roses ? Il y a aussi beaucoup de couleurs.

— Non, c'est très joli, mais c'est trop classique, presque banal. On n'organise pas juste un mariage, mais un mariage pour ton père et ma tante. On doit faire mieux que ça.

Le fleuriste se gratte la gorge pour attirer notre attention.

— Je peux peut-être vous donner des suggestions si vous me dites le thème que vous avez choisi.

Nous sommes tous les deux confus.

— Le thème ?

— Oui. La plupart des mariages ont un thème. Ça aide pour choisir le décor, le menu, les musiciens, et l'ambiance en général. C'est un fil directeur, si vous préférez. Vous avez bien un thème, non ?

— Euh, non.

Je me sens stupide, et à voir la tête de Logan, il partage ce sentiment.

Le fleuriste n'y laisse bien paraître, mais je sens bien qu'il est amusé par notre amateurisme. Je ne peux pas lui en vouloir, je serais très amusée aussi à sa place.

— Si vous me le permettez, je peux vous suggérer quelques thèmes très populaires ces dernières années.

Logan hoche la tête.

— Oui, s'il vous plaît.

Le fleuriste commence à compter sur ses doigts.

— Hé bien il y a les grands classiques romantiques, conte de fée, rouge comme l'amour, printemps en fleurs. Puis il y a les thèmes plus amusants, Hollywood glamour, cirque, jeux vidéos et mangas, ou sous l'océan, par exemple, mais c'est beaucoup plus personnel, ça ne s'adapte pas à tout le monde.

Je me creuse la cervelle, mais il n'y a rien qui m'emballe. Ça ne correspond pas du tout à Nadia et Alexander. Je veux quelque chose de spécial, d'unique. Quelque chose qui ne reflète pas seulement la beauté de l'amour, mais leur amour tout particulièrement. Nadia est tellement heureuse quand elle parle de son fiancé, et Alexander devient peu à peu plus souriant et plus ouvert grâce à elle. C'est un couple comme on en voit que dans les films, réellement fait l'un pour l'autre.

— Seconde chance.

Je suis si perdue dans mes pensées que j'entends à peine ces mots. Je me tourne vers le fleuriste.

— Pardon ?

Mais c'est Logan qui me répond.

— Seconde chance. Le thème du mariage devrait être seconde chance. Une seconde chance à l'amour et à la vie.

Ça m'apparaît alors comme une évidence. Sans y réfléchir, je pose ma main sur le bras de Logan.

— Oui, tu as raison, c'est parfait. C'est tout à fait eux.

Je suis si enthousiasmée par cette idée que je lui serre le bras sans m'en rendre compte et je lui adresse un sourire. Je ne m'attendais pas à ce qu'il trouve un thème si juste pour le mariage. Je n'imaginais même pas qu'il puisse avoir la moindre fibre romantique. Il m'a bien prouvé le contraire. Aujourd'hui, j'ai l'impression d'être en compagnie d'un homme complètement différent.

Il me retourne mon sourire. Quand il sourit ainsi, sans sarcasme ni arrogance, il devient presque irrésistible. Je ne crois pas avoir vu d'hommes plus beaux que lui, même ceux qui sont complètement retouchés dans les magazines. Je n'arrive pas à détacher mes yeux de son visage pendant un long moment. Quand son sourire s'élargit, je me reprends. Je lui lâche le bras et me détourne pour faire face au fleuriste.

— C'est un très beau thème que vous avez choisi, mais comment vous comptez le réaliser ? Quelles fleurs représentent le mieux une seconde chance ? Des fleurs en plastique pour qu'elles durent après le mariage ?

Je n'ai même pas besoin d'y réfléchir. Maintenant que nous avons le thème, toutes les différentes pièces de ce mariage se mettent en place sans effort dans mon esprit.

— Non, pas de fleurs en plastique. Des fausses fleurs pour un amour faux ? Ce serait horrible. Non, ce dont on a besoin, ce sont des fleurs en pot. Pas des fleurs coupées qui vont mourir quelques jours après, mais des plantes qui vont grandir et fleurir année après année. Nadia et Alexander pourront les garder chez eux et en prendre soin. Et pour le bouquet de la mariée, il faudra mettre des immortelles. Je vous fais confiance pour les mettre en valeur avec d'autres fleurs, vous faites toujours des bouquets magnifiques.

Le fleuriste prend des notes pendant que je parle, tandis que Logan hoche la tête pour approuver mes idées. Une fois lancés, ça ne nous prend que quelques minutes pour passer la commande.

En sortant de la boutique, j'ai le pas léger. Je suis vraiment contente de ce rendez-vous. J'ai l'impression qu'on est enfin partis sur le bon pied.

Logan fait alors un geste en direction de sa voiture.

— Je peux te déposer à la banque ? Comme ça tu n'as pas besoin de prendre le bus.

Je n'ai pas la moindre hésitation pour décliner son offre.

— Je te remercie, mais je n'ai pas envie de m'imposer. Tu dois avoir des choses à faire et des gens à voir.

— Ce n'est pas du tout un problème. J'ai tout mon temps aujourd'hui, et ça ne me dérange pas du tout.

Je suis une nouvelle fois déroutée par son changement d'attitude. Est-ce que c'est parce que je lui ai crié dessus ? Ça a eu un tel effet sur lui ? Non, ce n'est pas possible. Je ne peux pas me laisser aller à imaginer une telle chose. Il a bien trop d'ego pour se laisser influencer par quelqu'un qui n'est rien pour lui, même si ce quelqu'un lève la voix. Il doit avoir une raison bien à lui pour se comporter ainsi. Le mieux que je puisse faire, c'est d'en profiter tant que ça dure. Ça m'étonnerait que ça tienne plus de quelques jours, mais je suis prête à prendre ce qu'on me donne. Quelques jours de répit sont les bienvenus. En plus, avec le chèque qui pèse une tonne dans ma poche, je vais pouvoir me permettre de souffler un tout petit peu. Je vais mettre tout cet argent de côté pour les mois à venir. Ainsi, si je suis virée d'un de mes trois jobs ou tout autre imprévu, je pourrai couvrir la différence sans avoir besoin de prendre un quatrième job. Ça me laissera une petite marge de manœuvre. C'est tout ce dont j'ai besoin. J'ai l'impression que mon fardeau s'allège un peu. Je reprends espoir pour la première fois depuis des années.

—Okay, allons-y. Je te remercie.

Un peu plus tard, en sortant de la banque, je m'arrête soudain. Je viens d'avoir une idée. Logan s'arrête à mes côtés.

— Qu'est-ce qu'il se passe ? Tu as fait une erreur en faisant le dépôt ? Si on y retourne tout de suite, on a peut-être encore le temps de changer ça. Sinon, je demanderai à mon père d'annuler le chèque et de t'en donner un nouveau.

Je secoue la tête.

— Non, non pas du tout. Je viens juste d'avoir une idée pour le mariage. Je sais que Nadia et Alexander veulent faire la réception sur le domaine de ton père, mais j'ai un lieu parfait pour la cérémonie. Le musée d'art contemporain qui vient d'ouvrir.

Il hausse un sourcil.

— Pourquoi là-bas ? Nadia aime particulièrement l'art ?

— Non. Enfin, oui, mais ce n'est pas le plus important. C'est pour le bâtiment lui-même. A l'origine, c'était une gare, avant que la ligne de train ne soit abandonnée. Puis c'est devenu une maison d'horlogerie, jusqu'à ce que les deux fils du dernier propriétaire meurent pendant la Seconde Guerre Mondiale et que l'horloger déménage au Texas pour se rapprocher de sa fille. C'est alors resté abandonné pendant des décennies. Ça devait être détruit il y a quelques années, mais des locaux ont fait une pétition pour que le bâtiment soit sauvé parce qu'il fait partie de notre patrimoine, et il a été rénové pour devenir un musée. C'est un bâtiment qui a reçu une seconde chance !

Logan sort son téléphone dès que j'ai fini de parler.

— C'est parfait. Je les appelle tout de suite pour savoir si c'est possible. Je doute qu'ils disent non. Le mariage d'Alexandre Carter est un excellent moyen de faire de la publicité pour un tout nouveau musée.

Comme il l'a prédit, le musée s'empresse d'accepter. Il y a bien des avantages à avoir un nom reconnu et un compte en banque bien rempli. Mais je ne me plains pas si ça me permet d'offrir un mariage parfait à ma tante.

A ma grande surprise, la nouvelle attitude positive et coopérative de Logan continue à faire son apparition dans les jours qui suivent. Il a plus d'endurance que je ne le pensais. Ça devient presque un plaisir de travailler à ses côtés. Il a des bonnes idées, mais il n'a pas non plus peur d'écouter les miennes. Je ne suis pas encore certaine de comment interagir avec ce nouveau Logan, mais je dois bien admettre que je ne traîne plus autant les pieds en chemin vers nos rendez-vous. Encore mieux, je commence à le trouver vraiment amusant. Je ne suis pas dupe, je sais que cette amélioration n'est que temporaire, ou pire, que c'est un acte, pour une raison que seul son esprit peut comprendre. Je suis sur mes gardes et je ne me laisserai pas surprendre quand il redeviendra le playboy arrogant qu'il est depuis le lycée. Mais en attendant, je passe de bons moments en sa compagnie.

Chapitre 11

– Logan –

Anna sourit pour approuver une de mes idées. C'est une vision dont je ne me lasse pas. Cette femme est vraiment dangereusement attirante. Elle a un visage d'ange et un corps qui me donne des pensées plus brûlantes les unes que les autres à chaque fois que je la vois. Elle ne le fait même pas exprès. Elle n'a jamais rien essayé pour me séduire ou attirer mon attention sur sa beauté, pourtant je n'ai jamais désiré une femme autant qu'elle. Je me demande parfois si c'est simplement parce qu'elle m'a dit non. On ne m'a jamais dit non avant. La nouveauté a du piquant. Mais j'étais attiré par elle avant même qu'elle ne me remballe. Je crois que c'est simplement parce qu'Anna est une femme naturellement ravissante.

Elle appuie mon idée.

— Oui, c'est parfait. Un buffet dont tout le service est en matières recyclées, c'est super. Ça colle parfaitement avec le thème de deuxième chance. Par contre, pour les plats eux-mêmes, je n'ai pas la moindre idée. Peut-être que le traiteur pourra nous aiguiller demain.

Je hoche la tête et finis mon café. Aujourd'hui est la première fois qu'Anna accepte de me voir alors que nous n'avons pas le moindre rendez-vous avec un fournisseur ou un prestataire pour le mariage. Bien évidemment, je lui ai dit que c'est pour discuter d'idées pour la cérémonie et la réception, et elle a accepté. Je ne pense pas qu'elle soit encore complètement convaincue par mon changement de comportement.

Pour être honnête, je ne sais pas si je le suis non plus. Une partie de moi veut sincèrement être digne de son approbation. Ses reproches me donnent assez de grain à moudre pour me faire penser que ses louanges pourraient avoir un effet puissant sur moi. Mais je ne peux pas nier qu'une autre partie de moi veut à tout prix la mettre dans mon lit.

Quand elle est arrivée aujourd'hui, avec un débardeur blanc tout simple qui ne révèle que ses clavicules et un jean brut droit qui suggère la forme de ses longues jambes, je me suis senti comme un loup de dessin animé, avec les yeux qui me sortent de la tête et la langue qui se déroule au sol. Elle arrive si aisément à être sexy, c'est déroutant. Elle n'a pas un seul brin de maquillage et ses cheveux blonds si pâles sont rassemblés en une queue-de-cheval qui lui frôle les omoplates. Il n'y a rien de voyant ou d'aguicheur dans son apparence. Pourtant, j'ai du mal à détacher mes yeux d'elle tandis qu'elle sirote son jus de fraise.

Mais je me force à détourner le regard. Je ne veux pas la mettre mal à l'aise. Ce n'est pas le genre de femme qui se laissent avoir par de la flatterie et du rentre-dedans sans aucune subtilité. J'en ai eu la preuve il y a plusieurs jours. Je dois être plus subtil si je veux avoir une chance de me rapprocher d'elle.

— Tu veux autre chose à boire ?

Elle lève un sourcil suspicieux. Elle pense peut-être que je veux la rendre ivre. Je n'utiliserais jamais cette tactique, c'est immonde. J'ai encore beaucoup de chemin à faire avant de pouvoir gagner sa confiance. Alors je continue, l'air de rien.

— Un thé, un café ? Ou un autre jus de fruit ?

Son visage se relaxe.

— Non, merci. Il est sans doute temps que je rentre si je veux pouvoir dormir quelques heures avant d'aller au travail ce soir.

— Ce soir ? Tu travailles toujours comme gardienne de parking?

— Ben oui.

Ça a l'air si évident pour elle que je ne sais pas quoi répondre. Ça n'a pas de sens pour moi. L'argent que lui donne mon père lui permettrait aisément de démissionner d'un de ses jobs. Pourquoi est-ce qu'elle ne le fait pas ? Ça ne peut pas être la cupidité. Une personne cupide ne sacrifierait pas ses études et sa carrière pour pouvoir acheter les médicaments de quelqu'un d'autre. Alors quoi ? La peur de l'inactivité ? Vu son état de fatigue presque constant, je doute que ce soit par choix. Il y a des fois où je me demande même si elle va s'endormir debout au milieu d'une phrase. Je ne la comprends vraiment pas.

Alors que je m'apprête à lui poser la question, j'entends quelqu'un appeler mon nom.

—Logan ! Logan Carter !

Je vois alors Colin s'approcher, un grand sourire aux lèvres. Ça fait des années que je ne l'ai pas vu, mais il a toujours exactement la même tête — avec juste un peu plus de barbe. Il faudrait être aveugle pour ne pas le reconnaître. Ou aussi égocentrique que moi, puisque j'ai été incapable de reconnaître Anna malgré la couleur si unique de ses cheveux et ses regards qui ont marqué mon esprit d'adolescent.

Je me lève pour lui serrer la main.

— Salut, Colin. Ça fait un bout de temps!

— Ça, tu peux le dire! J'ai entendu dire que tu es de retour pour le mariage de ton père. Toute la ville en parle.

— Oui, c'est ça. Je donne un coup de main pour l'organisation.

— Ton frère est là aussi?

Je sens mes poings se serrer d'eux-mêmes. Frank est un sujet sensible pour moi. Pendant des années, il m'a été donné comme exemple, comme modèle de perfection que je ne pourrais jamais atteindre. Et il ne s'était pas privé de me faire ressentir toutes mes imperfections. J'aurais pu lui pardonner. Après tout, les frères et sœurs se disputent sans arrêt. Mais il n'est pas venu à l'enterrement de notre mère, alors qu'elle nous a aimés si fort. Et ça, je ne sais pas si je pourrais un jour lui pardonner.

Je me force à ne pas m'irriter de cette question innocente.

— Non, il n'est pas là. Il est toujours en Angleterre, je crois. Ça fait un moment que je n'ai pas pris de ses nouvelles, je ne suis pas sûr.

— Ah, c'est dommage. Il savait vraiment comment organiser une fête!

Plusieurs fois pendant le lycée, Frank m'avait invité avec mes amis à venir faire la fête avec lui et sa clique. On aurait pu y voir un geste de bienveillance envers un petit frère, mais je savais que c'était pour me montrer à quel point il était populaire. Tant pis, j'avais fais de mon mieux pour m'amuser pendant ces soirées. Et apparemment, elles avaient laissé un excellent souvenir à mes copains de lycée.

Quand je ne réponds pas, Colin se tourne vers Anna.

— Et c'est ta copine ? Tu fais encore dans les bombes, hein ! Tu sais vraiment bien les choisir.

Elle roule des yeux si fort que c'est presque audible. Son expression me donne envie de rire.

— Non, je ne suis pas sa copine, Colin. Je ne sais pas pourquoi personne ne me reconnait, mais toi, tu n'as pas changé le moins du monde depuis le lycée.

À son ton, ce n'est pas du tout un compliment.

Colin paraît surpris. Je me moquerais bien de lui, mais j'ai fait exactement la même erreur. Il écarquille les yeux.

— Neige ? Purée, je ne t'ai pas du tout reconnue. Pourtant j'aurais dû, avec tes cheveux. Mais t'étais juste une petite geek avant, alors que maintenant...

Il ne finit pas sa phrase, mais on comprend tous ce qu'il veut dire. Oui, Anna est devenue magnifique. Elle était déjà très jolie au lycée, mais les adolescents sont bien trop stupides pour voir une beauté aussi réservée et peu mise en avant que la sienne. Nous étions accros aux minijupes, pas aux filles qui se mettent à l'écart pour pouvoir jouer de la musique en paix. Mais à voir l'expression actuelle d'Anna, elle n'apprécie pas du tout cette conversation.

Je m'interpose avant qu'elle décide de s'en aller comme elle le faisait quand nous étions infects avec elle au lycée.

— Colin, cette manière de parler, ça nous faisait rire au lycée, mais on a tous grandi maintenant. Ne sois pas lourd et oublie ce surnom.

Il hausse les épaules.

— Oh, ça va, c'est juste une blague. Et puis, c'est toi qui as trouvé ce surnom...

Mais il s'arrête quand il voit que je ne ris pas du tout.

— Désolé. C'est juste que ça fait tellement longtemps que je ne vous ai pas vus que j'ai l'impression d'être de retour au lycée et de redevenir l'ado que j'étais. On était des vraies terreurs à l'époque.

Pour la première fois de ma vie, je comprends enfin à quel point mon comportement au lycée a dû être insupportable et j'ai envie de m'excuser auprès d'Anna. Je me demande pourquoi elle n'a explosé qu'il y a quelques jours. Je ne sais pas comment elle a tenu trois ans au lycée sans me dire mes quatre vérités au moins une fois.

Anna fait un geste de la main.

— Oublions ça. Comment va ta copine ? J'ai entendu dire qu'elle doit accoucher dans trois mois.

— Oui, comment tu sais ça ?

— C'est une cliente régulière au restaurant où je travaille. Elle m'a dit que vous avez reporté le mariage à l'année prochaine ?

— Hé oui. On devait le faire cet été, mais avec la grossesse, elle dit qu'elle ne veut pas avoir besoin de porter une montgolfière comme robe, alors on attend qu'elle ait accouché.

— Vous savez si c'est un garçon ou une fille?

— Non, pas encore. Comme c'est notre premier, on veut avoir la surprise.

Il y a un flash dans le regard ambre d'Anna.

— Si c'est un garçon, j'espère qu'il ne deviendra pas une terreur comme vous au lycée. Si c'est une fille, j'espère vraiment qu'elle ne tombera pas sur des terreurs comme vous au lycée.

Colin est d'abord surpris, puis peu à peu, il semble avoir une lueur de compréhension. Peut-être qu'il s'imagine sa fille être traitée comme nous traitions les filles à l'époque. Soit des mochetés à moquer sans pitié, soit des beautés à essayer de convaincre de sortir avec nous.

Colin hoche la tête avec un air repenti.

— Tu as raison, ouais. Je n'espère pas non plus.

Il reste quelques minutes de plus à parler avec nous. La conversation s'établit avec plus d'aise qu'avant, et rapidement, il se laisse prendre à l'esprit d'Anna. Peut-être qu'il réalise autant que moi à côté de quel genre de personne nous sommes passés toutes ces années, car quand il nous dit au revoir, il serre la main d'Anna avec beaucoup d'amitié et une pointe d'admiration.

Peu après, elle s'en va aussi pour aller dormir quelques heures avant de devoir partir au travail. Resté par moi-même, je suis tenté de commander une bière, mais je me contente d'un autre café. Déjà, sa compagnie me manque.

Je sursaute presque alors. Ce n'est pas seulement la vue de sa beauté qui me manque. C'est sa compagnie toute entière. Sa présence, sa conversation, ses expressions, son parfum. C'est elle. Je réalise alors que la mettre dans mon lit ne suffit pas. Coucher avec elle serait un véritable plaisir, mais ce ne serait pas le même bonheur que celui qui me vient soudainement à l'esprit.

Je secoue la tête. Non, absolument pas. Ça n'a pas de place dans ma vie. Coucher avec elle, oui. Mériter son approbation, oui. Mais le reste, aucune chance. Il n'y a pas de reste. Je n'en ai pas besoin. Je n'ai pas le temps pour ces enfantillages. Je finis rapidement mon café et je rentre chez moi.

Pour m'occuper, je visite le garage pour retrouver la dernière moto sur laquelle je travaillais avant de partir pour New York. Elle est toujours, sous le drap tâché de graisse qui la protège de la poussière depuis des années. Elle a besoin d'un sérieux entretien, mais avec un peu d'huile de coude, je devrais pour la remettre en état de marche. Voilà, c'est décidé, dans les jours à venir, quand jc ne suis pas occupé à préparer le mariage, je travaillerai sur cette moto. Ça m'occupera l'esprit et ça m'évitera de me laisser aller à des pensées ridicules.

Je me retrousse les manches et je me mets au travail jusqu'à ce, qu'enfin, la caféine quitte mon système et que la fatigue me tombe dessus. Je prends une douche et je vais me coucher. J'ai réussi ma mission, je n'ai pas pensé à Anna une seule fois de la soirée. Pourtant, juste avant de m'endormir, je lui envoie un message : "Bon courage pour le travail. Prend soin de toi, à demain". C'est anodin, non ? Je suis un idiot.

Le lendemain, quand je la retrouve devant le traiteur, elle a l'air si fatiguée que j'ai envie de la prendre dans mes bras et de la laisser dormir pendant des heures, pour qu'elle puisse enfin se reposer. Mais elle sourit en me voyant arriver. Mon cœur fait un petit bond dans ma poitrine. Je prends une bonne respiration. Tout le monde se calme ! Puis je la salue d'un ton égal.

— Salut. T'as pu dormir un peu avant de venir ?

— Oui, j'ai eu quatre heures et demie de sommeil, je suis contente. Tu es prêt pour aujourd'hui ? La nourriture, c'est super important pour la réception.

—Prêt !

Pourquoi est-ce que je suis aussi excité de parler avec un traiteur ? Je connais la réponse. Parce que je fais ça avec Anna.

Le traiteur a l'air plutôt sympa, mais je le prends en grippe dès le début, parce que je vois bien que dès le moment qu'il aperçoit Anna, elle lui plaît.

— Anna et Logan, c'est bien ça ? C'est pour votre mariage ?

J'ai envie de dire oui aux deux questions, mais Anna répond avant moi.

— Oui, c'est bien ça. Enfin, je veux dire, je suis Anna, et lui, c'est Logan. Mais ce n'est pas pour *notre* mariage, c'est pour celui de ma tante et de son père. Alexander Carter, vous connaissez peut-être ?

Le sourire du traiteur s'élargit, mais je sais que ça n'a rien à voir avec le nom de mon père.

— Oui, bien sûr que je connais, toute la ville en parle. Je suis flatté que vous veniez chez moi. Mais ne vous inquiétez pas, Anna, votre tour viendra très vite, j'en suis certain. Vous êtes trop jolie pour qu'on ne vous passe pas la bague au doigt bientôt.

Anna secoue la tête, mais elle ne roule pas des yeux.

— Je ne suis pas pressée.

J'ai l'impression que de la fumée va bientôt me sortir des oreilles. J'ai envie de dire au traiteur d'aller voir ailleurs si j'y suis, mais je sens bien que, même si nous étions ensemble, Anna détesterait que j'essaye de marquer mon territoire comme si elle était ma possession. Alors je me contente d'essayer d'attirer son attention ailleurs.

— Tu as réfléchi au menu ?

Elle me regarde de nouveau.

— Oui, je pensais à des vieilles recettes un peu oubliées, remises au goût du jour. Quelque chose d'assez simple et traditionnel à la fois.

Le traiteur s'avance avec les différents choix de menus qu'il propose. Anna se détourne pour se pencher dessus avec lui. J'ai de nouveau envie de mettre des claques à ce gars. Il est très charmant et essaye de flirter avec elle pendant toute la durée de la discussion. Heureusement, même si elle est polie et légère, il est clair qu'elle n'est pas intéressée.

Ce qui m'intéresse, en revanche, ce sont ces soudaines envies de violence. Je ne suis pas un homme particulièrement agressif, à moins qu'il ne s'agisse d'un investissement risqué. Alors pourquoi est-ce que, soudainement, j'ai envie de me battre avec un homme sympa qui ne m'a rien fait ?

Je connais la réponse, même si je n'aime pas l'admettre. Je suis jaloux. Je suis jaloux qu'il soit si clairement attiré par Anna. Et la seule raison pour laquelle je suis jaloux, c'est que j'ai des sentiments pour elle. Des sentiments qui vont au-delà du désir physique. Je ne veux pas qu'elle soit seulement dans mon lit, je la veux dans ma vie. A mon grand dam, on dirait bien que… je suis en train de tomber amoureux d'elle !

Chapitre 12

– Anna –

Je me sens très fatiguée, aujourd'hui. C'est généralement une sensation très familière, quotidienne même, mais aujourd'hui, je suis encore plus fatiguée que d'habitude. Le restaurant a ajouté deux heures à mon service de midi et je n'ai pas osé refuser. J'ai trop peur de me faire virer. Je suis reconnaissante pour les heures payées en plus. Tout salaire supplémentaire est bon à prendre. Mais ça me laisse beaucoup moins de temps pour dormir. Ça fait maintenant une semaine que je n'ai pas dormi plus de quatre heures d'affilé, et je me sens au bord de l'épuisement. Je ne sais pas combien de temps je vais réussir à tenir. Pourtant, il faut que je continue, au moins jusqu'au mariage. Après le mariage, je n'aurai plus besoin de courir à droite et à gauche pour tout organiser, ce sera un soulagement.

Je pointe en quittant le restaurant. Quitte à ne pas dormir, je veux m'assurer d'être payée pour les heures que je fais. Quand j'arrive à ma voiture, je la déverrouille en insérant la clé dans la serrure. Elle est trop vieille pour s'ouvrir avec le clic d'un bouton. Quand je l'ai acheté il y a dix ans, elle avait déjà bien vécu. Mais elle ne m'a jamais laissé tomber. Grâce à elle, j'ai pu me rendre à tous mes entretiens, à tous mes boulots, et à tous les rendez-vous médicaux de mon père. La seule fois où elle m'a fait défaut, c'était de ma faute pour avoir laissé les feux allumés toute la journée.

Je monte dans ma voiture et je pousse un soupir. Mes pieds sont douloureux, ça me fait du bien de m'asseoir. Je ferme les yeux un instant, mais je ne me laisse pas aller contre le dossier du siège. Je pourrais si facilement m'endormir sur place. Je suis tellement fatiguée. Mais je n'en ai pas le temps. Nadia doit faire les derniers essayages pour sa robe de mariée aujourd'hui. Je ne peux pas manquer ça.

Je mets la clé dans le contact et je démarre la voiture. Quand le tableau de bord s'allume, tous les voyants s'éclairent brièvement avant de s'éteindre. Sauf un. Il est rouge. J'ai soudain un nœud dans l'estomac. C'est le voyant du liquide de frein. C'est bizarre, parce que j'ai vérifié le niveau il y a quelques jours.

Je sors de la voiture pour aller jeter un œil, mais avant même que je soulève le capot, je vois d'où vient le problème. Il y a des traces de choc à l'avant de la voiture, à un endroit que je ne pouvais pas voir depuis l'habitacle. Au sol, des morceaux de plastique et de métal baignent dans une flaque de liquide de frein. Quelqu'un a percuté ma voiture garée et s'est enfui comme un lâche ! La fuite doit être sévère s'il y a déjà une telle flaque. Je ne peux conduire ma voiture nulle part. Je n'ai plus de moyen de transport, et je vais devoir utiliser l'argent que je reçois comme organisatrice du mariage pour faire réparer mon véhicule. Plus de répit, plus de sécurité.

Je rentre dans la voiture et j'essaye de réfléchir à mes options calmement. D'abord, je dois appeler Nadia pour lui dire que je ne pourrai pas venir. L'appel est court car j'ai du mal à garder une voix égale, mais ma tante m'assure qu'elle comprend tout à fait, et m'offre même de venir me chercher, mais je refuse car je ne veux pas gâcher son essayage.

Après avoir raccroché, je regarde autour de moi, comme pour me donner de l'inspiration pour la marche à suivre. Soudain, quelque chose craque au fond de moi. Ça fait trop longtemps que je porte un poids trop lourd pour moi toute seule. Trop de fatigue, trop de pression. J'éclate en sanglots comme je ne l'ai pas fait depuis l'enfance. C'est trop. C'est simplement trop. Je n'y arrive plus. Je ne vois pas le bout, je ne vais pas y arriver.

Les bras serrés étroitement autour de moi-même et le front posé contre le volant, je pleure tant et tant que le devant de mon haut est trempé de larmes. Je me laisse enfin aller au désespoir que je tiens à distance depuis si longtemps. J'ai l'impression de mener une guerre sans fin, et je suis enfin prête à admettre ma défaite. Je dépose les armes, je me rends.

Je dois faire face à la réalité : malgré tous mes efforts, je ne pourrai pas sortir ma famille de la pauvreté, et je n'arriverai pas à me créer une vie meilleure dans laquelle j'aurais le plus petit espoir de pouvoir jouer de la musique. Ce serait presque un soulagement de laisser enfin tomber mes dernières illusions, mais je suis si inquiète pour la santé de mon père que ça me donne plus l'impression de m'enfoncer toujours plus profondément dans un trou de misère sans fin. Seule dans ma voiture qui ne peut aller nulle part, je sanglote pendant de longues minutes.

Tout à coup, j'entends quelqu'un tapoter à la vitre. Oh non ! J'espère que ce n'est pas un collègue, ou encore pire, mon patron. S'ils me voient dans cet état-là, ils risquent de se demander si je peux toujours travailler au restaurant. Personne ne veut d'une hystérique ou d'une folle comme employée et collègue. Avant de redresser la tête, je desserre mes bras autour de moi et essuie mes larmes aussi discrètement que possible.

Je suis absolument consternée de voir que ce n'est ni mon patron, ni un collègue — ça aurait été mieux. C'est Logan. De tous ceux qui auraient pu me surprendre dans cet état-là, c'est bien le pire. Je connais son type, j'ai déjà vu comment il agissait au lycée. C'est un requin : dès qu'il voit la moindre faiblesse, il l'utilise inlassablement pour se moquer et tourmenter sa victime. Je dois avoir les yeux rouges et gonflés, et le visage bouffi, toute seule à pleurer à gros sanglots dans ma voiture, sur le parking d'un restaurant. Il a trouvé le filon, une vraie mine d'or. Il ne me lâchera jamais avec ça.

Mais je n'ai même plus la force de me battre contre lui, ou contre qui que ce soit. Je baisse la vitre.

— Qu'est-ce que tu fais là ?

— Ta tante m'a appelé pour me dire que ta voiture avait un problème et me demander de venir te chercher. Elle m'a aussi dit de t'amener deux ou trois choses, parce qu'elle a senti que quelque chose n'allait pas.

Un à un, il sort de son sac des biscuits au chocolat et à la framboise — mes préférés — des lingettes rafraîchissantes pour le visage, un haut propre, et un thermos plein de thé au jasmin.

— Elle m'a aussi demandé de te dire que si aujourd'hui n'est pas un bon jour pour toi et que tu as besoin de te reposer, elle peut déplacer l'essayage au jour qui te convient le mieux. C'est ton avis qui compte le plus pour elle, et tu l'as déjà tellement aidée, c'est bien le moins qu'elle puisse faire. Tu es comme sa fille, elle t'aime très fort. Elle voulait te dire tout ça quand tu l'as appelée, mais tu as raccroché trop vite.

Je me mets de nouveau à pleurer, mais cette fois, ce sont des larmes de gratitude — et de honte. Nadia est toujours là pour moi, me soutenant silencieusement sans rien demander en retour, m'aidant autant que je le lui permets. J'ai de la chance d'avoir une telle personne dans ma vie. Et malgré ça, j'étais prête à baisser les bras il y a quelques instants à peine. Comment est-ce que je peux abandonner alors qu'elle est là à mes côtés, préparée à me tirer de l'eau le jour où je suis prête à admettre que je me noie.

Je pleure devant Logan, mais je m'en moque. Qu'il se paie ma tête si ça lui chante. J'ai bien trop de choses à l'esprit, trop de sentiments qui se bousculent, s'entrechoquent, et se contredisent, pour me préoccuper de mon image. Pourtant, à ma grande surprise, il ne dit rien. Pas une moquerie, pas un sarcasme. Même pas un sourire amusé ou condescendant. Il se contente de me regarder avec une expression douce qui est à la fois étrange et touchante sur un visage aussi viril que le sien. Quand il voit que mes pleurs s'apaisent peu à peu, il me tend une lingette pour que je puisse me rafraîchir. Sa sollicitude me fait rougir. Quand il se défait de son arrogance habituelle, c'est très difficile de résister à son charme.

Il se penche à la fenêtre.

— Si tu veux te changer, je vais jeter un coup d'œil sous le capot pour voir un peu les dégâts. Je te promets que je n'en profiterai pas pour me rincer l'œil.

Je le crois, ce qui me surprend moi-même. Je change mon haut et je me rafraîchis la figure. Mes yeux sont toujours très rouges, mais au moins ils ne sont plus aussi gonflés, et mon visage n'est plus aussi bouffi par le chagrin. Je bois quelques gorgées de thé chaud et je mange deux ou trois biscuits. Fraîche, nourrie, et abreuvée, je me sens beaucoup mieux. Je sors de la voiture pour rejoindre Logan.

J'essaye de faire un peu d'humour pour alléger l'atmosphère.

— Alors, c'est grave, docteur?

J'ai une boule dans la gorge parce que je sais que le coût des réparations va manger mon maigre coussin financier. Mais j'ai encore l'espoir que ça ne dépasse pas l'argent que je reçois en compensation pour l'organisation du mariage, parce que mon compte en banque n'a pas grand chose d'autre à offrir.

— Grave, non. Ça peut être réparé facilement. Mais il y a des pièces à changer complètement, et vu l'âge de la voiture, il faudra sans doute les commander, si elles existent encore.

Je ne suis même pas surprise. Pourquoi est-ce que je devrais m'attendre à enfin avoir de la chance?

— Cela dit, je connais des gens spécialisés dans les véhicules vintage. Tu n'as pas exactement une voiture de collection, mais tout peut se trouver si on cherche bien, et comme c'est des amis, ils me feront un prix.

Non, je ne m'attends pas à avoir de la chance. Mais je m'attends encore moins à ce que la chance arrive sous la forme de Logan Carter.

— Vraiment, tu peux arriver à faire ça ?

Je reconnais à peine ma voix. Je n'ai jamais entendu autant d'espoir dedans.

Logan me sourit avec fierté.

— Oui, vraiment.

J'ai envie de lui sauter au cou, de recommencer à pleurer, de sauter de joie, tout en même temps. Mais comme je suis une humaine, pas un personnage de dessins animés, je ne fais rien de tout ça. Alors je me contente de mettre autant de sincérité que possible dans ma voix.

— Merci. Merci beaucoup. Tu n'as pas idée de ce que ça représente pour moi.

— De rien. Je suis juste content de pouvoir te rendre service. Allez viens, je t'emmène. Tu veux aller où ? A l'essayage ou chez toi ?

— Je veux aller tout droit jusqu'au matin, jusqu'à ce que le réservoir soit vide, et ne jamais revenir.

Logan me regarde avec étonnement, mais il ne l'est pas plus que je ne le suis moi-même. Je ne sais pas d'où c'est sorti. M'en aller ? Et pour aller où ? Non, j'ai des responsabilités ici, je ne peux pas tout abandonner pour aller me balader je ne sais où. Il n'y a que les gens très riches et les insouciants qui peuvent se permettre une telle chose. Je ne suis ni l'un ni l'autre.

— Allons à l'essayage, j'ai fait attendre Nadia assez longtemps. Où est-ce que tu as garé ta voiture ?

Logan me lance alors un regard malicieux qui ne me dit rien qui vaille.

— Oh, je ne suis pas venu en voiture.

— Ne me dis pas que tu es venu à pied. Je sais qu'à New York, vous êtes des bons marcheurs, mais il y a au moins une heure jusqu'à la boutique de mariage, et quarante minutes de plus jusqu'à chez moi.

— Non, non plus.

Son sourire s'élargit et il pointe vers... Une moto. Je ne m'y connais pas du tout, mais je peux voir que ce n'est pas une de ces motos de sport à la peinture flashy et au moteur qui rugit quand les pilotes conduisent beaucoup trop vite dans les rues. Cette moto a un design plus classique, comme celle de Marlon Brando dans l'Équipée Sauvage ou celle de Steve McQueen dans La Grande Évasion. C'est un très bel objet. Mais c'est surtout un engin dangereux.

Logan me tend un casque et une veste de moto.

— Enfile ça. Je ne veux pas risquer un seul centimètre carré de ta jolie peau.

— Tu veux vraiment que je monte là-dessus ?

Je ne suis pas du tout rassurée.

— Tu as ma parole que je t'amènerai à bon port saine et sauve.

Il tient la veste devant moi pour m'aider à la mettre. Quand ses mains me frôlent, je frissonne. J'essaye de changer de sujet pour ne pas me laisser aller à des pensées qui ne sont pas les bienvenues.

— Cette veste est à ma taille, c'est une veste de femme. Elle appartient à ta copine?

Il rit, mais j'ai l'impression qu'il rit avec moi plutôt que de moi.

— Oui et non.

Je lève un sourcil pour l'encourager à élaborer.

— Je l'ai achetée en même temps que la moto, quand j'étais à l'université. J'avais cette image d'un grand road trip à travers le pays avec une fille sublime derrière moi, à passer nos journées sur les routes et nos nuits... Enfin, tu vois. Donc j'ai acheté la veste et le casque. Mais le problème, c'est que ce n'est pas facile de trouver quelqu'un avec qui j'ai envie de passer mes jours et mes nuits.

Je pourrais me moquer de lui et lui dire qu'il n'a jamais passé plus d'une nuit avec une femme. Mais je comprends aussi ce qu'il veut dire. J'ai eu deux relations — une à l'université et une il y a deux ans. La première a été d'aussi courte durée que mes rêves musicaux. La deuxième a duré presque un an, mais mon emploi du temps surchargé a fini par mettre un terme même à nos meilleures intentions. J'ai vraiment eu de l'affection pour ces deux hommes, pourtant, je ne sais pas si je me serais imaginé passer tout mon temps pendant plusieurs semaines d'affilée avec l'un d'eux. C'est un niveau d'intimité émotionnelle et physique dont je n'ai jamais fait l'expérience. Pour être honnête, je doute que ça m'arrive un jour. J'ai bien trop peu de temps libre pour rencontrer quelqu'un, alors je n'ai vraiment aucune chance de trouver une personne si rare.

J'essaye d'attacher mon casque, mais j'ai des difficultés avec le mécanisme. Logan s'approche pour m'aider. Il se penche au-dessus de moi et lève mon menton du bout des doigts. Il est si proche que je sens son souffle sur mon visage. Il suffirait que je me mette sur la pointe des pieds pour l'embrasser. Il me regarde avec une intensité qui me fait rougir et je détourne le regard. Il attache le casque avant de reculer. J'ai presque une seconde de regret. Il démarre la moto avant de me faire monter.

— Tiens-toi bien à moi.

Je m'accroche avec un peu de réticence à sa veste de moto, mais il fait soudainement rugir le moteur, et je me jette presque sur lui pour enrouler mes bras autour de sa taille avec la force d'un lierre autour d'un tronc d'arbre. Cette proximité est troublante. Son corps apparaît aussi athlétique au toucher qu'à la vue. Des pensées aussi enivrantes qu'embarrassantes commencent alors à envahir mon esprit, mais je suis bien trop terrifiée par la moto pour desserrer mon étreinte frénétique autour de son torse musclé.

Il démarre sans heurt, prenant peu à peu de la vitesse, et conduisant avec souplesse. Il ne zigzague pas entre les voitures et ne fonce pas comme un fou, si bien que, peu à peu, j'arrive à me détendre. Au bout de quelques minutes, je commence même à apprécier l'expérience. Les mouvements de la moto, le vent qui siffle et glisse autour de moi, peu à peu, je comprends mieux ce sentiment de liberté qui pousse les motards à faire des longues virées et à risquer les dangers inhérents à la pratique en échange de cette sensation exaltante.

Quand on arrive devant la boutique, j'ai le sourire aux lèvres. Logan m'aide de nouveau avec le casque, donnant une vie nouvelle à des pensées très suggestives. Maintenant que je me suis tenue si proche de lui, mon imagination se permet d'aller dans de plus grands détails. Je me demande si je ne préférais pas quand je détestais Logan. C'était bien plus facile de lui résister…

— Va retrouver ta tante, je vais aller me garer. J'attendrai que tu aies fini.

— Tu ne viens pas avec moi ?

— Je ne suis pas vraiment le mieux placé pour vous aider à choisir une robe de mariée. Vous y arriverez bien mieux sans moi.

Je cours alors retrouver Nadia. Elle est très heureuse de me voir arriver. Elle était inquiète pour moi après notre appel, mais elle est contente de voir que je semble aller mieux. Elle a déjà présélectionné quatre robes. Elle les essaye toutes une par une. Elle est très belle dans tout, mais ça ne suffit pas. Il faut une robe à couper le souffle. Avec la vendeuse, on se met à fouiller les rayons, tandis que Nadia est confinée dans la cabine d'essayage, enfilant des robes les unes après les autres. Je crois que nous en sommes à la douzième quand mon regard tombe enfin sur la perle rare.

Dès que Nadia la met, nous savons toutes les trois que nous avons enfin trouvé la bonne. C'est une longue robe portefeuille blanc cassé, très simple et élégante, avec un décolleté en V qui met la poitrine en valeur sans en révéler plus qu'il n'est nécessaire. C'est chic, classique, et intemporel. Elle va à Nadia comme si elle avait été faite pour elle. La seule reprise à faire et de raccourcir la longueur de quelques centimètres pour qu'elle frôle juste le sol.

Ma tante est aussi conquise que nous et achète aussitôt la robe. Satisfaite, je lui propose d'aller fêter ça, mais je crois qu'elle voit bien que je suis fatiguée, et elle me dit qu'elle a déjà quelque chose de prévu d'une manière si vague que je comprends immédiatement qu'elle fait ça pour que je ne me sente pas obligée de passer mon précieux temps libre à m'occuper uniquement d'elle. Je l'embrasse alors et vais retrouver Logan qui est occupé à pianoter sur son téléphone, appuyé contre la moto.

Il me sourit quand il me voit approcher.

— Ça y est, vous avez trouvé ?

— Oui, on a la robe parfaite. On dirait que le designer avait Nadia en tête quand il l'a créé. Tu verras comme elle va être belle pour le mariage. Et en plus, c'est largement dans le budget.

— Super ! C'est une bonne chose que tu aies pu venir, alors.

Je suis un peu mal à l'aise.

— Merci d'être venu me chercher. Et je suis désolée que tu aies été obligé de supporter mes crises de larmes.

— Pas de soucis. On ne s'ennuie jamais en ta compagnie. Allez, viens, il faut qu'on parte maintenant si on veut éviter la sortie des bureaux.

Je monte derrière lui, prête à m'abandonner à ce tout nouveau délice qu'est la moto. Je m'amuse tellement que je ne remarque pas que nous ne prenons pas la direction de chez moi. Ce n'est que lorsque nous sortons de la ville que je remarque qu'il y a quelque chose qui cloche. Je lui tapote l'épaule. Il lève sa visière et se tourne légèrement vers moi.

— Je t'emmène quelque part !

J'entends à peine sa voix au-dessus du bruit du vent. Il semble que je n'ai que deux choix : sauter de la moto en marche ou aller avec lui où il veut m'emmener. Je choisis la deuxième option sans la moindre hésitation.

La route de montagne serpente, imposant des courbes grisantes à la moto. Le paysage du Colorado est magnifique. Je ne sais pas où on va, mais j'aime beaucoup le chemin pour y aller. Enfin, après plus d'une demi-heure de trajet, on se gare sur le petit parking d'un point de vue scénique perché sur le bas-côté, au-dessus d'une vallée tapissée de sapins d'un vert sombre. Au bout de la vallée, deux pics se rejoignent presque, ne laissant qu'une maigre ouverture à travers laquelle le soleil de l'après-midi filtre en rayons dorés. C'est un endroit magique.

— Quand j'habitais encore ici et que j'avais besoin de prendre l'air ou de réfléchir à quelque chose, je venais souvent ici. Pour moi, à ce jour, c'est le plus bel endroit du monde. New York a des gratte-ciel immenses, mais ce n'est rien en comparaison d'une montagne.

Il soupire.

— Je crois que ça m'a manqué. Je n'aurais jamais imaginé que quelque chose d'ici me manque, et pourtant... J'ai laissé tellement de choses derrière moi quand je suis parti que j'ai forcément laissé quelque chose de précieux sans m'en rendre compte, non ? Mais on ne se rend pas compte que quelque chose est précieux jusqu'à ce qu'on ne l'ait plus.

— Oui, surtout la santé. On vaque à nos occupations quotidiennes sans réaliser à quel point un corps qui fonctionne est précieux. Jusqu'à ce qu'il ne fonctionne plus aussi bien. Depuis que mon père a développé du diabète, il est complètement différent.

— C'est pour ça que tu pleurais ? Parce que ton père est malade ?

— Oui et non.

Il sourit de ma réponse.

— Mon père a besoin d'insuline pour son diabète, mais ça coûte cher. Mes parents n'ont pas travaillé pendant des années parce que c'était contraire à leur philosophie de vie. Ils préféraient le troc, l'esprit de communauté, l'entraide, et je ne sais quel autre concept hippie. Ça a très bien marché pour eux pendant longtemps, mais plus maintenant. Pas avec les frais médicaux supplémentaires. Mon père est trop fatigué et malade pour pouvoir travailler maintenant. Ma mère, à son âge et sans aucune expérience professionnelle, n'arrive pas à trouver un job qui paye bien. Alors je donne un coup de main comme je peux. Mais sans diplôme universitaire ou formation particulière, je n'arrive pas à trouver un bon job non plus. Je suis obligée d'avoir trois jobs à temps partiel pour arriver à gagner assez d'argent pour aider mes parents. Et parfois, je me sens très fatiguée. Aujourd'hui, c'était juste la fatigue qui parlait, ne t'inquiète pas. Ça va passer. Ça finit toujours par passer.

Je hausse les épaules.

— La situation est telle qu'elle est, il n'y a rien que je puisse faire. C'est la vie, comme on dit. Et puis, ce n'est pas comme si j'avais le choix. Si je travaille moins et que mon père ne peut pas acheter ses médicaments, il risque de mourir. Bien sûr, j'aurais préféré que mes parents travaillent et mettent de l'argent de côté. Parfois, leur irresponsabilité me met tellement en rage que je suis obligée d'enfoncer la tête dans l'oreiller pour crier. Comment est-ce qu'ils ont fait pour se retrouver dans cette situation ? Ce n'est pas de l'insouciance, c'est de l'inconscience ! Ils ont mené toute leur vie comme ça. Si Nadia n'avait pas été là, je suis presque certaine qu'ils m'auraient un jour oubliée sur une aire d'autoroute et pensé que j'étais simplement partie vivre ma vie.

Je prends une profonde respiration.

— Non, c'est injuste de ma part. Malgré tout, ils m'ont donné beaucoup d'amour et continuent à le faire aujourd'hui. Parfois, j'aimerais qu'ils soient différents, mais je ne peux pas changer le passé. Je n'ai pas le temps pour le passé. Ni pour le futur, d'ailleurs. Mes heures du présent sont trop occupées pour que je pense à autre chose.

Je me perds un moment dans la beauté du paysage devant nous. Sa grandeur me donne l'impression d'être si petite, presque insignifiante. Mais ce n'est pas un sentiment désagréable. Ça m'aide un peu à mettre mes problèmes en perspective. Je réalise alors que je viens de déballer toute ma vie, et des pensées si intimes que je ne les ai jamais révélées à qui que ce soit, devant Logan, un homme que j'apprends tout juste à connaître. Je suis incroyablement embarrassée.

— Je suis désolée, je parle pour ne rien dire. Ne m'écoute pas. Je vais me taire, maintenant.

Mais Logan secoue la tête.

— Non, je comprends exactement ce que tu veux dire. Enfin, je ne veux pas dire que je comprends ce que tu vis. Je sais bien qu'on a eu une enfance et une expérience de vie différentes. Mais je comprends ce que tu dis quand tu parles du présent et de ton souhait que tes parents soient différents. J'ai souvent espéré avoir une relation différente avec mon père quand j'étais plus jeune. On ne s'entendait jamais sur rien, et j'avais parfois l'impression qu'il comptait ses mots avec moi, comme s'il avait un quota journalier à ne pas dépasser. Quant au futur... Quand je vois mes collègues plus âgés et mes boss, ça ne me donne pas hâte face aux années à venir. Ce n'est pas vraiment la vie que j'avais imaginé pour moi.

— Qu'est-ce que tu voulais faire quand t'étais gosse?

— J'ai toujours aimé les motos. Quand j'étais encore un ado naïf, je voulais… Je voulais ouvrir un garage spécialisé dans la restauration de motos anciennes. Mais ma vie a été planifiée depuis ma naissance. Mon père nous a poussés, Frank et moi, dans la finance, comme lui. Et ma mère a toujours été d'accord avec le plan, parce qu'elle voulait qu'on ait une certaine sécurité financière, jusqu'à ce qu'elle tombe malade et qu'elle... Enfin... Je ne veux pas penser au passé, parce que ça fait remonter trop de mauvais souvenirs et de regrets, et je ne veux pas penser au futur parce que je n'y vois que des rêves abandonnés. Je reprendrai bientôt l'entreprise de mon père, je gagnerai de l'argent, puis je prendrai ma retraite quand je n'arriverai plus diriger correctement. Fin de l'histoire. Alors je pense au présent, je fais bien mon boulot et je m'amuse. Ça me suffit. Enfin, ça doit me suffire, parce que je n'ai rien d'autre.

Je jette un coup d'œil à sa moto. Elle est vraiment belle.

— Tu as restauré ta moto toi-même?

— Oui. Elle ne fonctionnait pas quand je l'ai achetée, mais je l'ai remise en état de marche. Les heures que j'ai passé à travailler dessus sont parmi les plus heureuses de ma vie. Mais je l'ai laissée ici quand je suis parti à New York. Qui a besoin d'un véhicule à New York de toutes façons ? Et puis, je ne voulais pas le rappel de ce que je n'aurais jamais.

C'est étrange, mais j'ai l'impression de discuter avec quelqu'un qui parle exactement le même langage que moi. J'ai vraiment la sensation qu'on se comprend. Pour des raisons familiales, on a tous les deux abandonné des choses qui nous tenaient à cœur, des rêves qu'on a laissé glisser entre nos doigts. Pour la première fois depuis que je le connais, je ressens un élan de compassion pour Logan.

— C'est pour ça que je ne joue plus du violon. A chaque fois, j'ai l'impression d'entrevoir la vie que j'ai presque touché du doigt. Mais je n'irai jamais au conservatoire, je ne deviendrai pas violoniste de concert, et encore moins soliste. C'est comme ça.

— Je comprends tout à fait. Enfin, je comprenais, jusqu'à ce que je revienne ici.

— Comment ça?

— En revenant chez mon père, j'ai retrouvé ma moto, et je n'ai pas pu m'empêcher de la remettre de nouveau en état. Ça me manquait tellement, mais je n'avais pas réalisé à quel point jusqu'à ce que je m'y remette. Puis je suis remonté dessus. Et maintenant, même si je n'en ferais jamais ma vie, mon travail, je veux garder ça comme un hobby, un petit bonheur personnel. Tant pis si je n'ai jamais de garage. Au moins, j'ai ma moto et je peux me faire des virées quand j'ai du temps libre. Peut-être que tu devrais faire pareil.

Je lui lance un sourire en coin.

— Non, je ne crois pas que je vais m'acheter une moto.

Il se met à rire.

— Tu as très bien compris ce que je veux dire.

Oui, c'est ce qui est inquiétant. On se comprend. Quand il est ainsi, ouvert, honnête, et sincère, c'est un homme vraiment dangereux. C'est plus facile de lui résister quand il se comporte comme un idiot égocentrique. Mais s'il commence à faire preuve de sensibilité et de cœur, ça va compliquer les choses. Il a un charme particulier quand il parle de sujets qui le touchent vraiment, une expression qui le rend à la fois plus doux et plus viril.

Mais il est si rare que je puisse parler de façon aussi candide avec quelqu'un que je me laisse aller à la conversation sans trop de résistance.

— Oui, j'ai compris.

— Alors promet-moi que tu vas te remettre à jouer. Au moins de temps en temps, pour toi-même. Je suis sûr que ça te manque. Déjà, au lycée, j'ai vu comme tu te perds dans la musique. Une passion comme ça, ça ne s'oublie pas.

— Tu as remarqué ça au lycée ? Je croyais que tu ne me regardais que pour trouver des choses pour se moquer.

— J'étais un idiot, mais pas complètement aveugle. Alors, tu me promets?

Je réfléchis un instant. Quand j'ai joué ce bref morceau pour Nadia quelques semaines plus tôt, j'ai failli en pleurer de bonheur. Sentir les cordes et l'archer de nouveau sous mes doigts, ça avait été comme prendre la main d'un être aimé disparu depuis des années et enfin retrouvé. Bien sûr que ça me manquait — presque autant que respirer. Mais est-ce que je pourrai supporter de regarder mes rêves morts dans les yeux à chaque fois que je me mettrai à jouer?

— Si je te promets d'y penser, ça te convient?

— C'est un bon début. Mais tu sais, je ne te lâcherai pas là-dessus.

Je lui lance un regard agacé.

— Non, même si tu me lances des regards noirs comme ça, je n'abandonnerai pas. Tu me regardes comme ça depuis le lycée, je commence à savoir y résister. Même si je dois bien admettre que tu as le regard désapprobateur le plus terrifiant du monde. Même nos profs n'arrivaient pas à les faire aussi bien que toi.

— Comment ça, je te regarde comme ça depuis le lycée?

— Tu ne t'en rendais pas compte? Tu étais la seule à oser faire ça, tous les autres avaient peur de moi ou essayaient d'être mes amis. Mais pas toi. A l'époque, ça me hérissait, mais maintenant, je trouve ça cool.

Je fais semblant de me vexer. Cette discussion m'amuse beaucoup.

— Pfff, qui a envie d'être ton ami.

Nous continuons à nous chamailler ainsi devant le paysage magnifique pendant au moins une heure, profitant de la compagnie d'une personne avec qui on a beaucoup plus de choses en commun qu'on ne le pensait. Nous regardons le soleil se coucher sur la vallée, éclaboussant les arbres de lumière rouge et ocre à travers l'espace entre les deux montagnes.

Quand Logan me ramène enfin chez moi, je suis toujours fatiguée, mais mon esprit est revigoré.

Chapitre 13

– Logan –

Je n'arrête pas de penser à Anna et à l'après-midi que nous avons passé ensemble. Combien de temps ça fait depuis que j'ai pu discuter ainsi de manière aussi sincère et profonde avec quelqu'un ? Est-ce que vraiment c'est déjà arrivé ? Je n'ai pas le souvenir d'avoir pu m'ouvrir autant avec qui que ce soit auparavant. Mes copains du lycée comme mes collègues actuels ont bien trop d'attentes et me jugeraient sans pitié. Mes conquêtes n'ont jamais été intéressées par moi en tant que personne, seulement par mon porte-monnaie et mon lit. Mon père ne demandait rien de moins que la perfection, et nous ne sommes à présent pas assez proches pour que je lui dise de telles choses, et ma mère était trop malade pour que je la surcharge de mes soucis. Anna est la première personne à qui je peux parler sans retenue.

Je suis rentré de cette après-midi épuisé — ça peut demander beaucoup d'effort de s'ouvrir et d'être vulnérable — mais aussi rempli d'une chaleur qui ne m'est pas familière. Le cadre, la compagnie, la conversation, c'est un souvenir qui restera longtemps avec moi. Et j'espère bien en créer bien plus avec elle. Je me suis rendu à l'évidence, je suis amoureux d'Anna. Ça ne sert à rien d'essayer de faire des ronds de jambe, c'est comme ça. Ce n'est pas une simple attirance physique. Bien sûr, elle m'attire. Il faudrait être mort pour ne pas être charmé par sa beauté. Mais c'est tellement plus que ça – sa beauté n'est pas seulement visuelle. Elle est généreuse, trop, sans doute, intelligente, altruiste, et pleine de compassion. Malgré mon attitude envers elle au lycée et quand nous nous sommes revus pour la première fois, elle m'a écouté, a compris ce que j'exprimais, et ne m'a pas jugé pour les émotions que je ressens. Elle a su dépasser la mauvaise impression qu'elle avait à juste titre de moi pour compatir avec moi. Je l'admire beaucoup pour ça.

Mais même si c'est un bon début, ça ne suffit pas pour la convaincre d'entamer une relation avec moi. Pour ça, j'ai besoin de temps. Ce n'est pas le genre de femme à prendre des décisions hâtives, surtout avec les responsabilités qu'elle se place sur les épaules. Mais du temps, j'en ai peu. Après le mariage, je dois retourner à New York, à des milliers de kilomètres du Colorado. Ma vie et mon travail sont là-bas. Sa vie est ici. Mais je ne suis pas connu pour éviter les risques. Et s'il y a bien un risque qui en vaut la peine, c'est d'essayer de me rapprocher d'Anna.

Elle travaille ces trois prochains jours, et je ne la verrai pas avant la dégustation pour choisir le vin et le champagne pour le mariage. J'en profite donc pour prendre rendez-vous avec un ami de mon père qui travaille dans la recherche médicale.

George me reçoit sans attendre. Lui et mon père se connaissent depuis l'université et étaient amis avant même que mon père ne se mette à faire des dons réguliers à l'hôpital où George travaille.

— Qu'est-ce que je peux faire pour toi, Logan ? Ne me dis pas qu'Alexander a un problème ?

— Non, pas du tout, il a une santé de fer. À mon avis, il nous enterrera tous. Non, je suis venu pour quelqu'un d'autre. J'ai besoin que tu prennes quelqu'un dans ton étude sur l'insuline et le diabète.

— Bien sûr, rien de plus facile. On a toujours besoin de volontaires. Pourquoi tu ne lui dis pas de s'inscrire auprès du laboratoire ?

C'est là qu'il y a un problème.

— A cause de la limite d'âge. Il a deux ans de trop. S'il s'inscrit comme les autres, il sera automatiquement rejeté.

— Ah.

George prend alors une expression que j'ai vue de nombreuses fois sur le visage des médecins qui s'occupaient de ma mère. C'est une expression qui peut se résumer en quelques mots par "C'est bien dommage pour vous, mais j'ai raison". C'est un mélange de compassion, de condescendance, et d'opiniâtreté. Je sais déjà exactement ce qu'il va me dire, mais je le coupe avant qu'il ne puisse refuser.

— George, ne m'oblige pas à te supplier. A part son âge, c'est le candidat parfait, et ça pourrait lui sauver la vie. Ce n'est pas pour ça que tu fais de la recherche médicale ? Pour trouver des moyens de sauver des vies ? A moins que ça ait changé ? Je sais que de nombreux chercheurs se laissent appâter par les gros salaires que proposent certains laboratoires, mais je sais que ce n'est pas pour ça que tu fais ce travail. C'est parce que tu veux aider les gens. N'est-ce pas ? Et là, tu as une occasion en or de sauver la vie de quelqu'un !

Je sais, c'est un coup bas, mais je préfère persuader George ainsi que de le menacer. Pourtant, je suis prêt à le faire pour que le père d'Anna puisse recevoir son insuline à une fraction du prix. Anna pourra alors démissionner d'un de ses jobs sans se sentir sous pression.

George est mécontent, mais je crois qu'il réalise que ma détermination est plus solide que son entêtement médical. Enfin, il soupire.

— Très bien, je le prends dans mon étude. Comme tu dis, je ne peux pas passer à côté d'une chance de sauver quelqu'un. Dis-lui de venir au labo demain.

Il me donne un dossier avec toutes les informations importantes.

— Ah, autre chose. Quand il viendra te voir, ne lui dis pas que j'ai quelque chose à voir là-dedans. Je ne veux pas que ça se sache.

Je veux qu'Anna devienne ma compagne, mais je ne veux pas qu'elle se sente obligée de le faire par gratitude. Je ne veux pas non plus qu'elle se mette en colère si elle pense que je me mêle de ce qui ne me regarde pas. Je sais qu'elle est fière et qu'elle n'aime pas qu'on lui fasse la charité. Alors je veux simplement me contenter de l'aider en coulisse. Je ne cherche pas sa gratitude mais son bonheur.

George a l'air amusé.

— Je ne m'attendais pas à ça de toi. Je te connais depuis que tu es tout petit, mais je ne t'ai jamais vu te préoccuper autant de quelqu'un, à part ta mère. Je pensais que tu étais comme Frank, mais apparemment je me suis trompé. Au final, tu ressembles beaucoup à ton père. Ton frère n'a pas la moindre compassion pour qui que ce soit à par lui même, mais Alexander et toi avez bon cœur dessous de vos airs méchants. Je ne sais pas exactement qui tu cherches vraiment à aider, mais ça doit être quelqu'un qui compte beaucoup.

George a oublié d'être bête – s'il l'était, mon père n'aurait pas été ami avec lui. Je hoche la tête.

—Merci, George, j'apprécie vraiment. Je te dirais bien que je suis désolé de t'avoir mis la pression, mais je ne pense pas que tu me croirais ?

— Pas le moins du monde. Je me contenterai du remerciement. Et d'un don à l'hôpital, si l'envie te démange soudainement.

Nous nous sourions avec plus de respect que d'amitié. Je m'assurerai quand même de faire un don quand le père d'Anna commencera l'étude — je suis réellement reconnaissant à George. Grâce à lui, le père d'Anna va avoir accès à l'insuline dont il a besoin pendant toute la durée de l'étude, soit presque trois ans. Ça donnera le temps à Anna de souffler, de se reposer. Qui sait, elle aura peut-être même le temps d'aller à l'université pour obtenir un diplôme qui lui permettra de trouver des jobs mieux payés, et elle n'aura plus besoin de travailler autant d'heures pour aider ses parents. J'espère seulement que George saura rester discret et ne révélera pas mon intervention.

Le jour suivant, je reçois un appel d'Anna. J'ai un nœud dans le ventre car elle ne m'appelle jamais. Au mieux, elle m'envoie un message pour m'informer du lieu et de l'heure d'un rendez pour la préparation du mariage. Si George a été trop bavard, ça ne va pas être une conversation très plaisante. Je risque de passer un mauvais quart d'heure.

Je décroche avec appréhension.

—Allô?

— Logan, désolée de t'appeler comme ça, mais il s'est passé quelque chose et il faut que je te parle.

— Qu'est-ce qu'il se passe ?

— Mon père a été pris dans une étude médicale sur le diabète. Il va recevoir des soins et des médicaments gratuitement ! C'est un miracle ! Je suis désolée, je sais que ça n'a rien à voir avec toi, mais j'avais besoin d'en parler à quelqu'un parce que je n'arrive pas à contenir ma joie, et je trouve que c'est facile de discuter avec toi.

Je suis tellement soulagé que je prends une seconde ou deux pour souffler. Le bonheur dans sa voix paie amplement mes efforts.

— C'est une excellente nouvelle ! Je suis vraiment content pour lui, pour toi, et pour toute ta famille.

— Merci. C'est vraiment inespéré. J'ai encore du mal à y croire. Ce soir, je démissionne de mon travail de nuit.

Je l'entends rire au bout du fil, et je ne peux pas m'empêcher de sourire en réponse.

— Voilà, je t'appelais juste pour ça. J'espère que je ne t'ai pas dérangé au milieu de quelque chose d'important. Je vais te laisser tranquille maintenant.

— Non, tu ne m'as pas dérangé. N'hésite pas à m'appeler si tu as envie ou besoin de parler.

— Merci, Logan. Tu es quelqu'un de bien. On se voit dans deux jours pour la dégustation ?

Je lève le poing en signe de victoire. Non seulement Anna m'a dit que je suis quelqu'un de bien, mais je suis aussi la personne à qui elle pense quand elle veut parler avec quelqu'un. Je suis présent dans son esprit… et pas seulement comme une nuisance. C'est un sacré pas dans la bonne direction.

Les deux jours qui suivent me paraissent très longs. Je contacte Marisse pour me distraire avec du travail et je parcours différents sites pour trouver une seconde moto à acheter et rénover. Je n'ai pas la vie que j'avais imaginée, mais je gagne assez d'argent pour financer ce hobby qui me rend heureux. A quoi ça sert d'avoir un compte en banque bien rempli si ce n'est que pour faire ce que les autres attendent de moi ? Je ne sais simplement pas si je veux que ma nouvelle moto soit livrée à New York ou à Colorado Springs. Est-ce que je veux transférer mon atelier près de chez moi, ou est-ce que je veux une excuse pour revenir plus souvent dans le Colorado ?

Enfin, la dégustation arrive. J'arrive au moins dix minutes en avance, mais Anna est déjà là. Elle porte une robe d'été blanche avec des petites fleurs bleues qui lui va à ravir. On dirait qu'elle sort d'un défilé de mode organisé au milieu d'un champ prêt à être récolté. Ça convient à la perfection à son style de beauté si naturelle et féminine. Je me mets immédiatement à m'imaginer défaire le nœud qui retient la robe sur sa nuque et la regarder glisser jusqu'au sol. Je chasse rapidement ces pensées quand je sens une tension au niveau de l'entrejambe. Ce n'est pas le moment. Anna me sourit quand elle me voit arriver. Elle a l'air bien plus reposée, ça fait plaisir à voir.

La dégustation est sans doute excellente, mais j'ai du mal à me concentrer sur les différents vins et champagnes que nous goûtons parce que mon esprit continue à s'égarer dans des pensées plus tentantes les unes que les autres. Anna admet qu'elle n'y connaît pas grand-chose aux vins et compte sur mon avis, mais je ne peux lui donner qu'une opinion approximative. Elle-même aime beaucoup les vins plutôt sucrés et fruités, mais Nadia a une préférence pour ceux avec plus de corps. Enfin, après quelques hésitations et beaucoup de rire, nous tombons d'accord sur les vins que nous voulons pour le mariage.

Une fois le choix fait, nous continuons à discuter au lieu de nous dire au revoir. C'est si facile de parler avec Anna. Je n'ai pas besoin de me cacher derrière mon masque habituel. Elle se moque bien de mon statut ou de ma réputation de playboy. Contrairement à certaines femmes qui voient ça comme un challenge, c'est un défaut plutôt qu'un avantage à ses yeux. Avec elle, je n'ai pas besoin d'être parfait, d'être dur, d'être salace, d'être séducteur. Je peux être moi-même et me dévoiler. Elle n'utilise pas mes vulnérabilités contre moi. Au contraire, elle semble les voir avec une certaine tendresse.

Après presque une heure à discuter, je sais que la cave va bientôt fermer, mais je n'ai envie de laisser partir Anna si vite. Sa présence m'est bien trop agréable.

— Si tu veux, on peut acheter une bouteille du vin que tu as beaucoup aimé et aller continuer cette conversation chez mon père. Lui et Nadia seront sans doute là, on pourrait dîner tous les quatre.

Elle accepte sans hésiter.

— C'est parfait, comme ça on pourra leur donner les détails de ce qu'on a déjà fait et ce qui nous reste à faire pour le mariage.

Mais lorsqu'on arrive, la maison est silencieuse. Le personnel m'informe que mon père a emmené Nadia au restaurant pour un dîner romantique.

— Je suis désolé, on ne va pouvoir dîner que tous les deux ce soir. Je ne savais pas qu'ils avaient prévu ça.

— Je peux rentrer chez moi, si tu préfères. Je ne veux pas que tu te sentes obligé de me tenir compagnie.

— Non, reste, ça ne me dérange pas du tout. Il y a peu de gens avec qui je peux parler aussi ouvertement.

Anna a l'air d'abord un peu mal à l'aise, comme si elle ne se sentait pas à sa place. Pourtant, j'adore la voir ici. J'aimerais qu'elle y vienne plus souvent… Qu'elle n'en parte jamais. En fait, où que je sois, j'aimerais qu'elle y soit aussi. Ces derniers jours, j'ai découvert ce que ça veut vraiment dire d'être en bonne compagnie. Elle est infiniment supérieure à mes collègues et mes conquêtes. Encore que, je pourrais me moquer des gens qui m'entourent, mais c'est moi qui ai choisi de m'entourer ainsi. Ça en dit plus long sur moi-même que sur eux.

Au fil de la conversation, Anna semble devenir plus à l'aise. Installés dans le canapé, nous passons d'un sujet à l'autre sans difficulté ou interruption. C'est la première fois qu'on se retrouve dans cette situation, pourtant, ça paraît tellement... Normal. C'est naturel, facile, et confortable, comme si c'était notre quotidien.

J'aimerais que ça le soit. J'aimerais la retrouver tous les soirs après le travail, dormir à côté d'elle toutes les nuits, et voir son beau visage quand je me réveille tous les matins.

Elle me sourit, me parle, m'écoute. Elle est assise juste à côté de moi. Ses longues jambes frôlent les miennes. Elle rit en me touchant le genou. Ma main est sur son épaule, dans ses cheveux presque blancs. Elle ne rit plus, mais ses yeux, ses magnifiques yeux ambre, brillent en me regardant. Elle est proche de moi, mais je la trouve encore trop loin. Je l'attire vers moi. Son visage n'est qu'à quelques centimètres du mien. Elle rougit. Elle est si jolie. Je me penche vers elle, m'arrêtant juste avant de rencontrer sa bouche.

J'ai tellement envie d'elle, mais je ne veux pas qu'elle se sente forcée. Je la laisse venir à moi si elle a réellement envie de m'embrasser. Sinon, tant pis, j'en serai quitte pour une douche glacée.

Elle hésite un instant et je retiens mon souffle. Enfin, elle se fond contre moi et pose ses lèvres sur les miennes. Je sens une explosion de désir. J'ai eu de nombreuses partenaires avant, mais aucune qui ait su ainsi faire vibrer chaque fibre de mon être avec un simple baiser. Anna n'est comme personne d'autre. Elle est comme une gorgée d'eau fraîche pendant une journée d'été torride ou la première floraison après un long hiver. Je la serre dans mes bras comme un naufragé accroché à sa bouée.

Je sens son corps souple contre le mien. Mes mains glissent le long de son dos dénudé et elle frémit. Je l'embrasse avec toute la passion que j'ai contenue depuis des semaines. Je lui mords les lèvres et elle soupire. Ses doigts s'agrippent au devant de ma chemise, me griffant le torse à travers le vêtement. Mes mains descendent la courbe de ses hanches et la longueur de ses cuisses galbées jusqu'à ce que je rencontre de la peau laissée nue par sa robe. Lentement, je prends mon temps pour explorer ce nouveau terrain. Petit à petit, je remonte, m'insinuant avec délicatesse sous le tissu. Sa peau est fine et douce comme de la soie. Tandis que je l'embrasse, je sens que son attention est tout entière sur ma main qui s'aventure de plus en plus haut. Je la caresse d'abord avec légèreté, puis avec de plus en plus d'audace, tirant d'elle plusieurs soupirs. Je frôle le bord en dentelle de sa culotte, mais je ne vais pas plus loin. Pas encore.

Mais elle ne se laisse pas faire sans réagir. Elle déboutonne ma chemise et m'en débarrasse rapidement, puis elle entreprend d'explorer mon cou et mon torse de la bouche et des doigts. J'en ai la chair de poule. Son toucher manque de me rendre dingue et son regard gourmand aiguillonne mon désir plus sûrement que n'importe quelle danseuse exotique. Elle est aussi effrontée que moi et s'en prend bientôt à ma ceinture. C'est la goutte d'eau qui fait déborder le vase.

Je n'y tiens plus. Je me lève, la prends par la main, et l'entraîne jusqu'à ma chambre. Je me force à un peu de retenue et ne la jette pas sur le lit pour éviter de l'effrayer, mais ce n'est pas l'envie qui manque. J'allume la lumière de chevet - elle est trop belle pour que je lui fasse l'amour dans le noir. Elle se tient au bout du lit, ses lèvres gonflées étirées en un sourire charmeur. Je l'attire de nouveau contre moi et je l'embrasse comme pour essayer d'assouvir cette faim qu'elle a éveillée en moi. Elle me répond avec un enthousiasme qui m'enflamme encore plus.

Enfin, je me laisse aller à ce qui m'a occupé l'esprit tout l'après-midi – je défais le nœud qui retient la robe. Le tissu léger glisse jusqu'au sol comme un nuage fleuri, révélant le corps d'Anna dans toute sa gloire. Elle se tient devant moi, seulement couverte de ses sous-vêtements, altière comme une statue de déesse. Elle est magnifique. Je l'admire un instant, mais mes doigts brûlent de la toucher.

Quand j'approche ma main de sa peau, elle la détourne d'une tape, puis, avec un air malicieux, elle défait ma ceinture, la faisant glisser hors des passants avec une lenteur à rendre fou. Elle déboutonne mon pantalon, et chaque frôlement de ses doigts sur mon bas-ventre est une torture. Si elle continue à me tourmenter ainsi, je risque de perdre le peu de contrôle que j'ai encore. Me regardant droit dans les yeux, elle glisse la main dans mon boxer et se saisit de moi. Je suis sur le point de perdre la raison. Elle me caresse, envoyant une décharge électrique dans tout mon corps à chaque va-et-vient. Je ferme les yeux et je me laisse faire un moment – c'est trop délicieux pour ne pas m'abandonner un peu. Mais bientôt, je sens que je me rapproche de l'explosion et j'arrête sa main.

Maintenant, c'est à mon tour. D'un seul geste, je dégrafe son soutien-gorge, libérant ses seins de leur prison de tissu, et je me penche pour les déguster. Anna se met à gémir et à se cabrer entre mes bras, mais je ne la relâche pas. D'une main, je la tiens contre moi, de l'autre, je repars à la recherche de la dentelle qui la couvre encore. Mes doigts se glissent dessous, explorant la peau délicate de cet endroit, jusqu'à ce qu'enfin, j'en trouve le cœur. Je caresse, taquine, et aguiche jusqu'à ce qu'Anna se mette à haleter. Son plaisir évident est une musique à mes oreilles. J'accélère le rythme, et elle se met à trembler contre moi. Elle ferme les yeux et s'agrippe à mes épaules. Son souffle se transforme bientôt en un cri, et elle se laisse aller à la jouissance. Je la sens vaciller contre moi, comme si ses jambes ne la portaient plus.

Mes sens sont enfiévrés. Son orgasme est le plus puissant des aphrodisiaques. Sans lui laisser le temps de reprendre son souffle, je la soulève de terre – elle enroule immédiatement ses jambes autour de ma taille – et je la dépose sur le lit. Je nous débarrasse très vite des derniers vêtements qui font encore barrière entre nous. Je lui demande la permission du regard une dernière fois. Elle resserre l'étreinte de ses bras et de ses jambes autour de moi. Elle est prête à m'accueillir et je me glisse en elle.

La sensation est merveilleuse. C'est comme si nous étions faits pour faire l'amour ensemble. Je bouge lentement d'abord pour être sûr qu'elle est habituée à moi, mais la passion qui m'a saisi me fait bientôt changer de rythme. C'est si délicieux que je dois me concentrer de toutes mes forces pour ne pas exploser. Ma respiration pantelante s'harmonise avec celle d'Anna. Le feu qui anime son visage et les regards intimes qu'elle me lance à travers ses paupières lourdes de sensualité forment un tableau d'une beauté à couper le souffle.

Elle renverse la tête en arrière et j'enfouis mon visage contre sa gorge, mordillant la chair tendre de son cou, juste au-dessus de la clavicule.

J'accélère encore la cadence. Anna se met de nouveau à gémir, se mordant la lèvre comme pour se retenir de crier. Je sens ses ongles s'enfoncer dans mes épaules. Elle cambre le dos, se tendant comme un arc sous moi, et l'étau de ses cuisses m'emprisonne la taille. Elle est sublime, l'incarnation de Vénus elle-même. Enfin, elle s'abandonne entièrement au plaisir et elle crie mon nom avec extase.

J'explose alors. Je suis submergé par des vagues de jouissance qui montent les unes après les autres, électrisant tout mon corps et me laissant sans souffle. J'ai l'impression de tomber dans un gouffre et voler au-dessus des nuages en même temps. Je n'ai jamais rien ressenti de tel, c'est une expérience magique.

Je m'effondre sur le matelas à côté d'Anna qui est encore frissonnante de son deuxième orgasme et je l'attire contre moi. J'embrasse son front et son cou rougi par mes attentions. Mon cerveau est encore pris dans les délices que nous venons de partager, mais je suis heureux. Je tiens la femme que j'aime dans mes bras et je suis envahi d'une sensation de bien-être et de plénitude rare. J'espère que ce n'est que la première de nombreuses nuits passées ensemble. Je veux être avec elle toute ma vie.

Chapitre 14

− Anna −

J'ai fait un rêve étrange cette nuit. J'ai rêvé que je couchais avec Logan. Pas une fois ou deux, mais trois fois en une seule soirée. C'était absolument enivrant, mais heureusement que ce n'était qu'un rêve — je ne veux pas devenir juste un nom de plus sur une liste déjà bien longue. Pourtant, c'était tellement réaliste que j'ai du mal à réaliser que je me suis enfin réveillée. Quand je m'étire, j'ai même l'impression de sentir dans tout mon corps les élancements délicieux d'une nuit de passion.

Je soupire, regrettant presque la fin de ce rêve, et j'ouvre les yeux. Tout à coup, mon cœur s'arrête de battre. Je ne reconnais pas cette pièce. Je ne suis pas dans mon lit. Ce ne sont ni mes draps, ni mes oreillers. Le plafond est trop haut et la chambre est plus grande que mon studio tout entier.

Je sens quelqu'un bouger à côté de moi. Je referme les yeux, refusant de voir qui ça peut être. Je sais qui c'est, je n'ai pas le moindre doute. Mais peut-être que si je ne regarde pas, ça ne sera pas la réalité. Une main sort des couvertures, me caresse tendrement le bras de l'épaule au coude, puis l'homme se retourne et retombe dans un sommeil profond. Son toucher me fait frissonner. Le souvenir des plaisirs de la veille est encore vif dans mon esprit. Mon corps est assoiffé de ce contact, mais ma raison me pousse à prendre mes jambes à mon cou. J'ai fait l'impensable – j'ai couché avec Logan Carter.

Comment est-ce que j'ai pu en arriver là ? Comment est-ce que j'ai pu faire une chose pareille ? De tous les hommes que je connais, c'est bien le dernier avec qui j'aurais dû faire ça. J'ai pu découvrir récemment qu'il n'était pas aussi arrogant et égocentrique que je ne le pensais, mais c'est tout de même le pire playboy que j'ai jamais rencontré. Depuis l'adolescence, il a des tonnes d'admiratrices qui lui courent après, prêtes à tout pour attirer son attention. Maintenant qu'il est adulte, c'est encore pire. Il enchaîne les passades et les amantes d'un soir les unes après les autres, sans remord et sans une pensée pour celles qu'il laisse derrière lui. A présent, je suis l'une d'entre elles.

J'ai envie de me cogner la tête contre le mur. Je suis stupide ! Je sais bien qu'il est beau et charmant, avec un air viril et un corps athlétique digne d'un mannequin. Mais ce n'est pas une raison. Depuis notre escapade en moto, j'ai baissé ma garde. Je me suis permis de me rapprocher de lui, physiquement et émotionnellement, préférant ignorer à quel point il est attirant. Puis, entre le vin de la dégustation et l'euphorie d'avoir pu démissionner d'un de mes jobs, je me suis laissé aller à commettre l'irréparable. Non, je ne me suis pas simplement laissé aller. Hier soir, j'étais une participante des plus enthousiastes. Et voilà que ce matin, je ne suis qu'une conquête de plus.

Je me sens tellement légère depuis que Dr. George Mcintyre a invité mon père à participer à son étude que j'ai l'impression de flotter sur un petit nuage. Je ne suis plus moi-même — ou plutôt, je suis une autre version de moi-même, une qui n'est pas écrasée par des responsabilités étouffantes qui ne me laissent jamais la possibilité de souffler. Je me suis laissé entraîner par cette légèreté, cette joie nouvelle... Jusqu'au lit de Logan.

La première chose à faire est de sortir de là. Je me glisse hors des draps aussi discrètement que possible et commence à rassembler mes vêtements. Ils sont éparpillés partout dans la pièce. Je rougis presque en pensant à la manière dont ils sont arrivés là.

— Tu es déjà réveillée ?

La voix ensommeillée de Logan est incroyablement sexy. Elle m'invite à retourner au lit, à me blottir contre lui, et à poursuivre nos activités de la veille. Mais le petit matin m'a rendu un peu de raison.

— Euh, oui. J'ai des choses à faire aujourd'hui.

Je m'habille en hâte. Je ne veux pas lui faire face. Je ne veux pas voir son expression de pitié et de condescendance quand il me dira que ce n'était qu'un jeu, qu'il n'est pas prêt à s'engager, et que je ne dois pas m'attendre à plus. Je devine très bien ces mots, mais je ne veux pas les entendre de vive voix.

— Attends, je m'habille et je t'accompagne. On pourra prendre le petit déjeuner ensemble, si tu veux. Ce n'est pas ce que j'avais imaginé pour aujourd'hui, mais on pourra toujours rattraper le temps perdu plus tard.

Il pense sans doute que je parle de choses à faire pour le mariage.

— Non, ne t'inquiète pas, j'ai juste des affaires personnelles à régler. Ne change pas tes plans pour moi.

Je finis enfin de m'habiller.

— Attends, Anna, je dois te dire...

— Désolée, je dois vraiment y aller, je ne veux pas arriver en retard.

— Mais...

Il tient vraiment à me le dire ? Il ne veut pas qu'il y ait de malentendus entre nous, il veut vraiment écraser tous les espoirs qui pourraient naître en moi si j'étais plus naïve. Mais je ne lui laisse pas ce plaisir. C'est une maigre satisfaction, mais c'est moi qui vais prononcer ces mots.

— Écoute, oublie ce qu'il s'est passé entre nous. On a bu trop de vin et de champagne, on était éméchés, on a fait une erreur, rien de plus. Mais je t'assure que ça ne se reproduira plus, alors tu n'as pas à te sentir obligé d'être mal à l'aise avec moi. C'était juste une erreur. Le mariage est dans deux semaines, et après, on retournera chacun à nos vies respectives. Alors on oublie, d'accord ?

Sans attendre, je sors presque en courant de la chambre puis de la maison. Je hèle un taxi, lui donne mon adresse, et m'enfuis de là sans un regard en arrière. Le trajet jusqu'à chez moi ne dure que vingt minutes, mais Logan essaye de m'appeler deux fois et m'envoie trois messages, me demandant où je suis et me disant qu'il veut me parler. Me parler de quoi ? Tout a déjà été dit. J'espère qu'il n'a pas l'intention de me demander de signer un accord de confidentialité, ou je ne sais quoi d'autre. Les gens qui ont de l'argent essayent toujours de se protéger de tout.

J'éteins alors mon téléphone. Je ne suis pas prête à continuer cette discussion. Je ne sais pas trop comment je passe ma matinée. Je commence tout un tas de chose, mais je n'arrive à me concentrer sur rien. Je n'arrive même pas à décider ce que je ressens. De la honte, de l'embarras ? De la colère contre moi-même ? Ou bien une certaine douceur envers Logan ?

Heureusement, ça ne va pas durer longtemps. Le mariage est dans deux semaines et Logan repartira à New York juste après.

Je pourrai reprendre le cours de ma vie, simplement à un rythme un peu moins effréné qu'avant.

Je viens juste de finir la vaisselle de mon déjeuner tardif quand quelqu'un frappe à la porte.

— Qui est-ce ?

— C'est moi. Logan.

J'ai du mal à croire qu'il est venu me débusquer jusqu'ici. Il a dû mal prendre le fait que je le devance en lui disant qu'il n'y a rien de sérieux entre nous. J'imagine qu'il a bien plus l'habitude de rompre avec ses amantes que d'être largué.

— Qu'est-ce que tu veux ? Je n'ai pas envie de discuter de ce qu'il s'est passé...

— C'est Nadia, elle a besoin de nous.

Il y a une urgence dans sa voix qui me fait ouvrir la porte à la volée.

— Qu'est-ce qu'il se passe ?

— Je ne sais pas, un problème avec le mariage. Elle a essayé de t'appeler plusieurs fois, mais ton téléphone ne doit plus avoir de batterie.

— Non, je l'ai éteint. J'avais besoin de calme pour, euh, régler mes affaires personnelles.

Il me regarde avec un drôle d'air, mais il ne me pose pas de questions.

— Allez viens, je t'emmène. Elle nous attend chez mon père.

Je ne me le fais pas dire deux fois. Grâce à la moto de Logan, nous arrivons chez Alexander plus rapidement qu'on ne devrait, mais le trajet me paraît trop long.

Quand on arrive, je trouve ma tante dans le salon, l'air inquiète.

— Nadia, tout va bien ? Qu'est-ce qu'il se passe ? Tu es malade ? Tu ne veux plus te marier ?

Elle me prend les mains.

— Oh, Anna ! Je suis tellement désolée de t'avoir affolée ainsi. Je vais bien, je suis en bonne santé, et j'ai toujours bien l'intention d'épouser Alexander. Mais je ne sais pas si le mariage pourra avoir lieu à la date prévue.

Elle a les larmes aux yeux, même si elle essaye de garder son sang-froid.

— Hier soir, le fleuriste a eu un accident de voiture, il a été percuté par un chauffard ivre. Puis la voiture du chauffard est passée à travers la façade du musée. Ce pauvre fleuriste est à l'hôpital, où il va devoir rester pendant au moins trois semaines pour se remettre, et le musée a fermé ses portes le temps des réparations. Donc nous n'avons ni lieu pour la cérémonie, ni fleurs pour la réception. Puis, ce matin, le traiteur m'a appelée pour me dire qu'un de ses sous-traitants a été pris à vendre de la viande contaminée, et lui-même est obligé de fermer boutique jusqu'à ce que les autorités sanitaires puissent mener une inspection détaillée de son commerce. Donc nous n'avons pas non plus de repas. Je ne sais pas pourquoi tout va soudain de travers…

J'espère que je ne lui ai pas passé ma malchance quand ma situation s'est enfin améliorée. Nadia mérite d'avoir de la chance et d'être heureuse. Elle est d'une telle gentillesse que je ne peux pas imaginer une seule seconde qu'elle mérite d'être malheureuse.

— Je suis vraiment désolée de t'avoir fait peur, ma belle nièce. Je suis inquiète pour le mariage, mais ce n'est pas une raison pour causer des difficultés à tout le monde.

— Ne t'en fais pas, Nadia, je vais t'aider à trouver une solution.

— Merci, Anna. Logan et toi m'avez tellement aidée, je ne sais pas comment vous remercier. Je suis certaine que vous arriverez à trouver une solution. J'ai beau me creuser la cervelle, ça ne donne rien, mais à vous deux, vous allez y arriver.

Je dois me retenir pour ne pas me mettre à grincer des dents. Il semble que mon plan d'éviter Logan jusqu'au mariage vient de tomber à l'eau. Nous voilà collés l'un à l'autre pour les jours à venir.

Je fais tout mon possible pour l'éviter. Je ne réponds à ses messages que quand ils concernent le mariage et quand nous sommes forcés d'être en présence l'un de l'autre, je me tiens à une bonne distance de lui. Je sais que je parais froide avec quelqu'un qui s'est presque montré mon ami, mais je dois me protéger. Car je dois bien l'admettre, la nuit que nous avons passée ensemble n'est pas dû à une simple attirance physique. Sans m'en rendre compte, au fil de nos échanges, j'ai développé des sentiments pour Logan. Au début, je ne voulais pas du tout être associée à lui, mais en passant du temps avec lui, mes préjugés sont tombés un par un. J'ai pu découvrir une personne sensible, amusante, filiale, et pleine de rêves, sous ses devants de playboy friqué et fêtard. Et je réalise à présent que je suis tombée amoureuse de lui bien malgré moi. L'alcool et l'euphorie n'ont fait que m'aider à surmonter mes résistances. Mais je sais bien que ce n'est pas le genre d'homme avec qui je peux partager une vie. Malgré ses nombreuses qualités, il n'en reste pas moins un Don Juan qui a plus de conquêtes que Napoléon. Il n'abandonnera pas son style de vie pour une fille comme moi. Je ne ressemble pas à un mannequin, je ne suis pas du même monde. Nous nous sommes rapprochés pendant sa visite parce qu'il n'avait rien de mieux à faire, mais il m'oubliera dès qu'il rentrera à New York. Alors je dois prendre grand soin de me protéger. Je suis déjà malheureuse de la situation, je ne veux pas avoir le cœur brisé en mille morceaux par son départ.

Dans la frénésie de la semaine qui suit, nous arrivons peu à peu à trouver des solutions. Nous contactons des fermiers des alentours qui acceptent de nous aider à récolter des pleines brassées de fleurs sauvages qui poussent dans les montagnes du Colorado. Elles sont plus petites et moins flashy que celles du fleuriste, mais leur foisonnement est d'un spectaculaire effet. C'est une célébration de l'endroit où les futurs mariés ont passé leur première vie et vont commencer leur deuxième. Puis nous demandons à l'école d'art culinaire locale de nous laisser embaucher leurs élèves pour cuisiner le buffet de la réception. Ce n'est pas une seconde chance, mais c'est une première expérience pour ces aspirants chefs.

Enfin, nous décidons d'organiser la cérémonie comme la réception sur le domaine des Carter. Dans une partie reculée du jardin immense, il y a un pommier qui a été frappé par la foudre il y a plusieurs années, mais qui n'est pas mort. De nouvelles branches sont sorties de son tronc couché, donnant en quelques années des pommes encore plus sucrées et juteuses que celles qui poussaient quand l'arbre était encore dans sa première jeunesse. Quel plus beau symbole de seconde chance que cet arbre qui fleurit et donne de nouveau des fruits après avoir été terrassé par la foudre ? Nadia et Alexander adorent l'idée d'échanger leurs vœux à l'ombre de ses nouvelles branches.

Pendant toute une semaine, je passe mes journées avec Logan. Du matin au soir, nous sommes côte à côte pour tout organiser. J'ai parfois l'impression qu'il n'y a que quand je dors que je ne le vois pas. Encore que, il s'invite régulièrement dans mes rêves. C'est douloureux. J'ai hâte que ça soit fini.

Quand j'ai accepté d'aider pour le mariage, j'avais peur que mon emploi du temps soit trop plein. Dans ma naïveté, c'était la seule chose qui m'inquiétait alors. J'aurais dû craindre bien pire. Mais je ne m'étais pas attendue à perdre mon cœur.

Chapitre 15

– Logan –

Plus qu'une semaine avant le mariage. Le temps semble traîner et défiler à toute vitesse en même temps. Tous ces moments passés aux côtés d'Anna passent à toute allure. Je la vois toute la journée, mais j'ai l'impression que ce n'est qu'un instant. Mais à chaque moment, elle se tient si loin de moi qu'elle pourrait aussi bien se trouver sur la Lune. Quand je fais un pas dans sa direction, elle fait un pas en arrière. Elle ne me regarde même pas. Et tous ces moments passés si proches, et pourtant si loin d'elle, sans que je lui dise vraiment ce que j'ai dans le cœur, me paraissent une éternité.

Je ne peux pas attendre plus longtemps. Après le mariage, je dois repartir à New York. Plus le temps passe, moins j'en ai envie. Mais mon travail est là-bas, tout comme la vie que j'ai construitE ces dernières années. Je n'ai donc pas de temps à perdre. Je ne sais pas pourquoi Anna est devenue si froide depuis la nuit que nous avons passée ensemble, mais je sais que je dois absolument lui révéler mes sentiments avant qu'il ne soit trop tard. Je ne peux pas repartir sans parler.

Ce soir, Nadia et elle doivent venir dîner avec nous pour qu'on puisse finaliser les derniers détails du mariage. C'est le moment ou jamais. Je trouverai bien un moyen de lui parler seul à seule. Je veux qu'elle sache à quel point elle compte pour moi, qu'elle est la seule pour moi, que je l'aime, et que je veux passer ma vie avec elle. Il faut que je le lui dise. Je ne la laisserai pas repartir sans qu'elle m'écoute d'abord. Je ne peux plus la laisser me fuir sans au moins me donner une chance de lui parler.

Pendant tout le dîner, j'essaye d'accrocher son regard, mais elle ne tourne jamais les yeux vers moi. Je suis tellement confus, je ne comprends pas ce que j'ai bien pu faire pour qu'elle m'évite ainsi. Mais quoi qu'elle ait à me reprocher, je suis prêt à tout faire pour réparer mon erreur. Est-ce que j'aurais dû lui révéler mes sentiments cette nuit-là ? Est-ce qu'elle pense que je ne serais pas un bon partenaire pour elle ? Quand nous avons fait l'amour, j'ai eu l'impression que c'était comme une communion. Je ne me suis jamais senti aussi proche de quelqu'un. Nous avons vraiment fait corps. La distance qui s'est installée entre nous depuis est simplement insupportable.

Anna parle avec animation avec sa tante et mon père, mais elle m'adresse à peine la parole. Elle est polie quand elle doit me dire quelque chose, mais il n'y a rien derrière cette politesse, aucune chaleur, aucune amitié. C'est comme si elle nous considérait comme des étrangers. Mais après ce que nous avons partagé, comment pourrions-nous l'être ?

Enfin, le repas est fini et on se lève de table. Mon père veut emmener Nadia marcher dans le jardin. Ça va être le moment, je dois saisir cette chance. Les futurs mariés se dirigent vers la porte quand elle s'ouvre à la volée, laissant entrer un homme vêtu comme un gentleman-farmer.

— Vous partez si tôt ? Quel dommage, je viens juste d'arriver !

Aucun de nous ne sait quoi répondre. Nous sommes figés. Pour ma part, j'ai l'impression de voir un fantôme du passé, quelqu'un que je pensais ne jamais revoir. Ça n'a aucun sens, mon cerveau refuse presque de croire ce que mes yeux me disent.

Il fait quelques pas dans la salle à manger, regardant autour de lui comme si la pièce lui appartenait.

— Oh, et vous avez mangé sans moi ? On dirait presque vous ne m'attendiez pas.

Il nous parcourt des yeux un par un, comme s'il nous évaluait. Enfin, il s'approche de mon père.

—Eh bien, père, tu ne salues pas ton fils aîné ?

Je grince des dents. Qu'est-ce que Frank, qui ne s'est pas donné la peine de venir à l'enterrement de notre mère, peut bien faire ici ?

Il semble très satisfait de la surprise qu'il nous a faite. Ça m'agace tellement que j'arrive enfin à retrouver la parole.

— Frank, qu'est-ce que tu fais ici après dix ans d'absence ? Qu'est-ce qui te fait penser que tu es le bienvenu ?

Il me sourit. Je sais que de nombreuses femmes le trouvent très séduisant, mais il m'a tellement tourmenté et méprisé dans mon enfance que je n'arrive pas à lui trouver le moindre attrait.

— Tu as bien grandi, petit frère. Il y a une époque où tu n'aurais pas osé me parler comme ça. Mais peu importe, nous sommes tous les deux adultes à présent. Eh bien, vois-tu, j'ai appris que notre père allait se remarier et je ne veux pas manquer un événement familial aussi important.

Quelle blague ! Ça fait dix ans qu'il les manque tous.

— Depuis quand tu t'intéresses aux événements familiaux ?

— C'est assez récent, je dois bien l'avouer. Ça m'a pris un long moment pour réaliser mes erreurs de jeunesse. Mais je n'ai plus l'intention d'être absent pour quoi que ce soit. Je serai là pour chaque événement, chaque rassemblement, chaque réunion. Surtout, je ne veux pas manquer le moment où père prendra sa retraite.

Je grince des dents. Je lui en veux toujours terriblement. Je n'ai jamais oublié les humiliations, les moqueries, et la chaise vide devant le cercueil de ma mère.

Avant que je ne puisse répondre, mon père s'avance.

— Frank, nous ne t'attendions pas, mais tu es le bienvenu. Il semble que je vais me marier en présence de mes deux enfants. Viens que je te présente.

Nadia s'approche alors.

— Frank, voici Nadia, ma belle fiancée. Et voilà Anna, sa nièce, qui nous aide pour la préparation du mariage. Nadia, Anna, voilà Frank, mon fils aîné.

Anna reste prudemment à distance, mais Nadia sourit et tend la main à mon frère. Mais il ne la prend pas. Il se contente de détailler Anna et Nadia comme s'il évaluait du bétail.

— Voici donc la fameuse fiancée. J'en ai entendu parler jusqu'en Angleterre. Elle est célèbre dans le milieu financier. Après tout, malgré toutes les femmes qui te tournent autour, père, elle est la seule à avoir su te mettre le grappin dessus. On se demande bien par quel prodige, quel talent caché elle peut bien avoir pour avoir su t'attraper comme ça.

Le sourire de Nadia vacille un peu et l'envie de frapper mon frère me fait serrer les poings. Puis je me souviens que moi-même, je n'ai pas été très sympa quand j'ai rencontré la fiancée de mon père pour la première fois. Heureusement, j'ai depuis appris l'erreur de mon jugement. Je prends une grande respiration.

Nadia se retire gracieusement.

— Alexander, tes fils et toi avez sans doute beaucoup de choses à vous dire après tant de temps. Anna et moi allons rentrer.

Mon père lui prend la main.

— Non, Nadia, ce n'est pas nécessaire.

Mais Frank hoche la tête sans se départir de son sourire exaspérant.

— Quelle bonne idée. Père, tu as vraiment choisi une femme de sens.

Nadia regarde alors mon père d'une manière si tendre que j'ai l'impression d'être un intrus dans ce moment intime. Je les envie de tout cœur. Leur amour crève les yeux, il faudrait vraiment être malveillant et calomnieux pour douter un instant de leurs sentiments.

— Ne t'inquiète pas, c'est mieux comme ça.

S'il est prêt à se battre avec le monde entier pour elle, mon père ne peut pas dire non à Nadia. Il lui baise la main avant de la laisser partir.

— Notre balade dans le jardin n'est que partie remise. N'oublie pas celle que nous devons faire devant le pommier le week-end prochain.

Le sourire de Nadia se rallume avant qu'elle ne s'en aille.

Frank vient se placer à côté de moi.

— J'ai vraiment hâte de faire plus ample connaissance avec les nouveaux membres de notre famille.

Je suis presque surpris par sa déclaration, jusqu'à ce que je remarque que son regard est dirigé sur la silhouette d'Anna qui s'éloigne. Il la regarde de la même façon que mes collègues regardent une strip-teaseuse, de la même façon dont j'ai pu le faire moi-même à travers le masque que je portais trop souvent – comme un objet de désir et de plaisir, pas comme un être humain. Aujourd'hui, elle est très simplement habillée d'un pantalon noir et d'un haut de la même couleur, mais la noirceur de sa tenue contraste dramatiquement ses cheveux presque blancs et met en valeur la longueur de ses jambes et la finesse de sa taille. Anna est magnifique, quoi qu'elle porte — même lorsqu'elle ne porte rien.

Je sens une colère sourde monter en moi à l'idée que Frank puisse essayer la séduire. Anna est la femme que j'aime, je suis prêt à me battre jusqu'au bout pour elle, même — et surtout — contre mon frère. Comme s'il méritait l'attention d'une femme pareille ! Mon sang bout dans mes veines. Je dois me retenir de toutes mes forces pour ne pas me jeter sur lui.

Frank remarque aisément ma colère. Il a toujours été doué pour lire les gens.

— Oh, je vois qu'il y a une autre victime dans les rangs. Peut-être que ces femmes sont une faiblesse pour les hommes de notre famille. C'est une question qui mérite qu'on s'y penche, non ? Ne t'inquiète pas, petit frère, je ferai une enquête très... Approfondie.

— Frank, ça suffit !

Je suis reconnaissant à mon père pour son intervention. Sans lui, la situation aurait probablement mal tournée.

— Je suis heureux que tu sois là pour mon mariage, vraiment. Mais je dois bien admettre que je suis surpris. Tu n'es pas revenu depuis dix ans, et ça fait des années que nous n'avons des nouvelles qu'à travers les journaux financiers. J'ai dû apprendre par la presse que tu t'es fiancé, puis que tu as rompu avec elle. Alors qu'est-ce qui t'a poussé à revenir ici ?

Je n'ai rien à faire de ces explications.

— Peu importe pourquoi. Il n'a rien à faire ici, il n'est pas le bienvenu. Repars, retourne d'où tu viens, on ne veut rien à faire avec toi.

— Logan ! Ne dis pas ça ! C'est ton frère.

— Et alors ? Lui ne s'est pas gêné pour oublier qu'on est une famille ces dix dernières années.

Mon père me pose alors la main sur l'épaule. Ce geste apaisant est si inhabituel que je m'interromps.

— Logan, je comprends que tu lui en veuilles, comme tu m'en voulais. Je ne peux pas te blâmer pour ça. Mais on doit lui laisser une chance. Après tout, tu m'as aussi laissé une chance de réparer mes erreurs pour que tu puisses me pardonner. Alors je ne peux pas faire pour lui moins que ce que tu as fait pour moi.

Je reconnais bien l'influence de Nadia. Elle a vraiment aidé mon père à changer profondément. Je me range à ses raisons.

—Okay, il a une chance. Pourquoi tu es revenu, Frank ?

Mon frère a un air nonchalant, comme si cette discussion le concernait à peine. Cependant, il me lance un regard aigu.

— Tu t'es rapproché de père et tu lui as pardonné, petit frère ? Quelle magnanimité ! Et quel sens du timing... Mais peu importe, puisque je suis là à présent. Je suis revenu parce qu'une rumeur court que père va prendre sa retraite après son mariage.

Mon père et moi nous regardons d'un air confus. Cette nouvelle n'est pas publique. Il n'y a que quelques personnes dans la confidence. Comment est-ce que ça a pu se propager jusqu'à Londres ?

— Je comprends, il veut s'occuper de sa nouvelle femme, surtout si elle est aussi talentueuse qu'on le dit.

173

Ses insinuations sont ignominieuses, mais je veux entendre son explication jusqu'au bout.

— C'est pour ça que je reviens. Le patron prend sa retraite, mais l'entreprise ne peut pas se retrouver sans leader. Je suis venu prendre la tête de l'entreprise de père, comme nous en avons discuté avant que je ne parte en Angleterre. Non seulement c'est mon droit d'aîné, mais en plus je suis le plus qualifié. La place me revient de droit, le siège est à moi.

Ça y est, le monde reprend tout son sens. Frank n'est pas là par affection, par sens de la famille, ou par la moindre trace de décence. Il est là pour l'argent, la succession. Il est venu parce qu'il a peur que je ne lui souffle la récompense sous le nez. Je comprends enfin pourquoi il m'a toujours traité avec dédain et hostilité. Pour lui, je suis un intrus qui n'est né que pour lui voler une partie de son héritage. Je ne suis pas son frère, je suis un rival. C'est tellement évident à présent que je ne sais pas comment j'ai pu ne pas le voir plus tôt. C'est dommage, s'il m'avait traité avec un peu de bienveillance, j'aurais pu devenir son allié le plus fidèle. Je n'ai jamais voulu hériter de l'entreprise. Mais à présent, il n'est rien de plus qu'un étranger pour moi.

Mon père n'a pas l'air satisfait du tournant que la conversation a pris. Il semble que son aîné n'a que faire de la rédemption que lui cherche si ardemment. J'ai presque de la peine pour lui.

Son expression a retrouvé l'impassibilité dont il s'est peu à peu défait au contact de Nadia.

— Frank, ton voyage a dû être long. Je vais te faire préparer une chambre pour que tu puisses te reposer. Nous parlerons de tout ça un autre jour. En attendant, j'espère que tu pourras te joindre à nous pour les derniers préparatifs du mariage.

Frank a l'air du renard qui vient d'entrer dans le poulailler. Je ne sais pas quel est son plan, mais les ennuis ne font que commencer.

Chapitre 16

– Anna –

Plus que trois jours avant le mariage. Tant mieux. Depuis que Frank est arrivé, c'est un vrai cauchemar. Même quand j'ai commencé à travailler avec Logan, qu'il me faisait des avances ridicules, et que je pensais encore qu'il était arrogant et pourri-gâté, je n'ai jamais eu peur pour ma sécurité.

Mais son frère aîné est bien différent. Il me rend nerveuse à chaque fois qu'il entre dans la pièce. Il a une façon de regarder les gens qui me donne l'impression que ce ne sont que des choses, des outils pour lui. Et quand il me regarde, je sais exactement à quoi il voudrait m'utiliser. Je n'ai eu besoin de le rencontrer qu'une ou deux fois pour réaliser que c'est un tyran qui n'a pas peur d'écraser tout ce qui pourrait l'empêcher d'obtenir ce qu'il veut. Alors je le fuis comme la peste.

Quand j'essaye de fuir Logan pour éviter de devoir faire face à mes sentiments, je me tiens à l'autre bout de la pièce. Mais quand j'essaye de fuir Frank pour arrêter de me sentir comme une proie sur le point d'être dévorée, je me tiens à l'autre bout de la maison. Et même ça ne semble pas suffire.

A chaque fois qu'il est assez près de moi, je sens ses mains qui me frôlent et me touchent — les cheveux, l'épaule, la hanche, le derrière. Toutes les excuses sont bonnes. Ça me donne des frissons de dégoût. Il a les traits aussi beaux que ceux de Logan, mais il n'y a jamais aucune chaleur dans son regard, seulement du calcul. C'est sans doute pour ça qu'il a un tel succès professionnel. Il ne s'embarrasse pas de scrupules quand il s'agit de profit.

J'ai beau fuir, il trouve toujours une manière de me retrouver, me toucher à nouveau, et me faire des avances agressives.

— Pourquoi tu fais ta prude? Tu essayes toujours de faire semblant d'être gênée quand je suis autour de toi, mais tu es comme toutes les femmes, tu en as envie. Alors arrête de faire ta mijaurée, ça ne marche pas avec moi. Je sais bien comment vous fonctionnez toutes. Tu peux prétendre autant que tu veux, je sais que tu en as envie. Ne t'inquiète pas, bientôt je vais réaliser tes rêves. Et je te promets que je ne suis pas comme mon frère. Je te montrerai ce que c'est un vrai homme.

J'ai l'impression d'être dans un mauvais rêve. Non seulement il me tourne autour comme un vautour, mais en plus il s'imagine que j'apprécie l'expérience. Il est tellement aveuglé par son propre reflet, son argent, et son ego, qu'il n'a plus vraiment le sens de la réalité.

Je ne sais pas quoi faire pour me débarrasser de lui. Je ne veux pas créer de scandale si près du mariage. Je veux que ces quelques jours soient de vrais moments de bonheur pour Nadia et Alexander. Je ne veux pas les embêter avec mes problèmes. Je vais simplement faire de mon mieux pour l'éviter autant que possible et ne jamais me retrouver seule avec lui jusqu'au mariage.

Je suis tellement occupée à esquiver Frank que je me retrouve trop souvent en présence de Logan. Au moins, lui ne me donne pas l'impression qu'il est prêt à me bondir dessus à chaque instant. Petit à petit, je recommence à baisser ma garde. Je le réalise bien, mais je n'ai même plus envie de combattre cette sensation. Peut-être, plutôt que de fuir sans arrêt devant lui, je devrais profiter de sa présence tant que je peux. Comme la moto pour lui, comme le violon pour moi — ce n'est pas pour toute une vie, mais c'est tout de même un moment d'allégresse. Je ne suis jamais seule à seul avec lui, je crains beaucoup de succomber de nouveau à une intimité qui me fera autant de mal que de bien, mais je me laisse aller à plus de discussions avec lui. Je réalise à présent que nos échanges m'ont manqué. Il n'y a qu'avec lui que je peux parler sans contrainte, sachant que ce que je dirai sera compris.

Je fais de mon mieux pour naviguer dans cette nasse familiale sans y laisser trop de plumes. Mais j'ai sous-estimé Frank. Aujourd'hui, j'ai réussi à l'éviter toute la journée. Je crois qu'il n'a vu de moi que l'arrière de ma tête depuis ce matin. Mais alors que je vais dans la salle de bain pour me laver les mains avant le dîner, je sens soudain qu'on me pousse dans la pièce. Je trébuche et tombe presque par terre. Frank entre et ferme la porte derrière lui.

— Tu es plus glissante qu'une anguille, ma belle. Tu sais vraiment jouer le rôle de l'aguicheuse! Tu me jettes des regards lascifs, puis tu t'en vas. Ça va, j'ai compris, tu voulais juste que je te coure après. Et je t'ai enfin attrapée.

De quoi il parle? Je ne lui ai pas jeté de regards, encore moins lascifs. Au mieux, un regard de dégoût quand je ne peux pas éviter sa présence. Il vit vraiment dans sa propre réalité où il s'imagine que tout ce qu'il veut voir et croire est vrai.

— Non, je ne veux pas que tu me coures après. Je veux que tu me laisses tranquille. Je n'aurais pas pu être plus claire là-dessus.

— Et voilà, tu recommences. Tu as mon attention, ce n'est plus la peine de faire semblant.

Je ne sais pas comment me sortir de cette situation. Frank est bien bâti, et il se tient juste devant la porte. Je ne peux pas le contourner pour m'enfuir. Je ne sais pas quoi faire.

Il me lance un clin d'œil.

— Alors, maintenant que tu me tiens, qu'est-ce que tu vas faire de moi?

Il s'avance vers moi, et je recule.

— Aller, ça fait des jours que tu me chauffes, c'est pas le moment de te défiler.

— Non, fiche-moi la paix.

Il m'attrape soudain par le col de mon haut.

— Les femmes sont vraiment toutes les mêmes. Elles allument un gars, mais quand c'est le moment de passer à l'action, elles essayent de le nier, comme si elles étaient innocentes. Mais ça ne marche pas avec moi. Il y a des conséquences à tes actions, Anna.

Tout à coup, il écrase sa bouche contre la mienne. Il a un goût d'alcool qui me donne la nausée. Je me débats de toutes forces, faisant pleuvoir un déluge de coups de poing contre sa poitrine et ses épaules. Malheureusement, il est bien plus fort que moi. Il arrête de m'embrasser mais il ne me relâche pas. Il n'a pas du tout l'air d'avoir mal — au contraire, il a simplement l'air en colère.

— Arrête ton cirque, je sais que tu en as envie.

— Lâche-moi ou je vais me mettre à hurler.

— Si tu hurles, je ferai en sorte que ton père soit éjecté de l'étude médicale.

Je m'immobilise soudain, tétanisée. Frank me lance alors un sourire diabolique.

— Hé oui, je me suis renseigné sur toi et ta traînée de tante. Le médecin qui mène l'étude qui aide ton père est un vieil ami de la famille. Si je lui dis de virer ton père, il le fera sans hésitation.

Mes pensées s'emballent. Il peut vraiment faire ça ? J'ai une boule dans la gorge, j'ai l'impression que je vais étouffer. Cet homme est immonde. Mais soudain, c'est le déclic. Le médecin est peut-être un ami des Carter, mais ça fait dix ans que Frank s'est détaché de cette famille. A-t-il encore vraiment de l'influence sur qui que ce soit ici ? Je dois tenter ma chance, ou je serais sous contrôle.

— Dr. James Mcintosh est un ami?

Il me regarde avec suffisance.

— Oui, on se connaît très bien.

Je ressens un immense soulagement. Le nom du docteur est George Mcintyre. Je veux bien croire que c'est un ami des Carter. Ça explique comment mon père a été pris dans cette étude comme par miracle. Je soupçonne que Logan et Alexander ont quelque chose à voir avec ça, et je n'aurais pas assez de toute ma vie pour leur exprimer ma gratitude. Mais Frank ne connaît même pas le vrai nom du docteur, alors comment peut-il affirmer qu'il en est proche ? Je ne le crois pas un seul instant. Je m'y refuse.

Frank prend mon immobilité pour une reddition. Il a l'air d'un prédateur prêt à donner le coup de grâce à sa proie.

— Voilà, c'est bien, t'es une bonne fille. Laisse-toi faire. Tu verras, ce n'est qu'un mauvais moment à passer.

Mais je ne suis pas une pauvre proie sans défense. Je mords avec force dans la main qui me tient au col. Frank pousse un juron et me lâche. Je me faufile derrière lui pour atteindre la porte et je sors précipitamment de la salle de bain.

— La prochaine fois que tu me touches, ça va vraiment mal se finir pour toi.

Je lui claque la porte à la figure. Bien trop agitée pour aller rejoindre les autres à table, je me rends dans le jardin pour respirer un peu d'air frais. Le soir est tombé, amenant un peu de fraîcheur après la chaleur d'une journée d'été. Je vais me perdre dans les bosquets, espérant y trouver un peu de calme et de solitude pour reprendre mon souffle. Je m'essuie la bouche du revers de la manche pour effacer le goût de celle de Frank. Peu à peu, j'ai l'impression de pouvoir à nouveau respirer.

J'entends alors des pas dans le jardin.

—Anna ? Anna, tu es là ?

Logan me cherche. Il a dû s'inquiéter de ne pas me voir à table. Je m'apprête à sortir de derrière les bosquets quand d'autres pas s'approchent.

— Logan, qu'est-ce tu fais là ? Père nous attend.

Je retiens mon souffle.

— Depuis quand tu fais attention à ce que père veut ? Depuis quand tu te préoccupe de notre famille ?

— J'ai toujours fait tout ce que père a voulu de moi. J'ai gagné de l'expérience, j'ai grimpé les échelons, j'ai bâti une réputation, je me suis fait des contacts. Je suis prêt à prendre sa place, exactement comme il le voulait. Sauf que maintenant, on dirait qu'il a changé d'avis. Il veut te donner la succession et me mettre de côté. Ce n'est sans doute même pas ta faute. Tu n'as pas assez d'ambition pour essayer de me doubler comme ça. Tu as toujours été un faible. Non, c'est probablement la faute de cette racoleuse, cette traînée qu'il parade à son bras et qu'il veut maintenant épouser. Il va devenir la risée de tous. Je veux dire, on a tous eu des compagnes plus ou moins tarifées, mais d'habitude, on ne se marie pas avec elles.

Frank est le pire être humain que j'ai jamais rencontré. Il est vicieux, malsain, et sadique. J'ignore comment il peut être si différent de son père et de son frère, mais je trouve presque amusant que quelqu'un comme lui se permette de dire du mal d'une personne aussi aimante et aimable que Nadia.

— Il s'est laissé piéger par une croqueuse de diamants. C'est clairement un signe que père n'a plus toute sa tête et qu'il est inapte à diriger l'entreprise. Et toi, tu n'es pas fait pour être à la tête d'une aussi grande entreprise et tu le sais, petit frère. Alors père peut bien épouser sa roulure, je m'en fiche, il peut mettre qui il veut dans son lit. Mais l'entreprise me revient, je suis le meilleur choix.

Je m'attends à ce que Logan lui dise ses quatre vérités et le remette à sa place. Mais je n'entends qu'un soupir.

— Va te mettre à table, Frank. Dis à père que j'arrive dans quelques minutes.

— Tu es vraiment tendu ces derniers temps, Logan. Si tu as besoin de te détendre, je connais deux ou trois filles que tu pourrais appeler...

Il rit et s'en va.

Je le hais, tout en lui me dégoûte. Mais à cet instant, ma colère tout entière est dirigée vers Logan. Frank a insulté Nadia encore et encore, mais Logan n'y a rien trouvé à redire. Croit-il aussi que ce n'est qu'une croqueuse de diamants ? C'est bien ce qu'il pensait quand il l'a rencontrée pour la première fois, mais je pensais que depuis, il avait changé d'avis, qu'il avait vraiment de l'affection pour ma tante — et pour moi. Apparemment, je me suis trompée. Toutes ces semaines, il a fait semblant.

Je sors de derrière le bosquet. Il sourit en me voyant arriver, mais je me demande à présent si ces expressions ont la moindre sincérité.

— Anna, te voilà.

— Oui, me voilà. Je n'ai pas le droit d'être là ?

Il est surpris.

— Euh, si bien sûr. Je viens simplement te chercher pour le repas.

— Je n'ai pas faim. Entre ton frère et toi, j'ai vraiment l'appétit coupé.

—Frank ? Il a fait quelque chose ?

Il essaye vraiment de jouer les innocents.

— Non, absolument pas. Enfin, à part appeler ma tante une roulure, une traînée, une compagne tarifée, et je ne sais quelle autre horreur. Mais je comprends que ça ne t'ait pas marqué, vu que tu as l'air d'être d'accord avec lui.

— Certainement pas ! Nadia est une personne formidable, sans doute la plus gentille que j'ai jamais rencontrée. Je suis content qu'elle fasse bientôt partie de ma famille.

Il peut essayer de prétendre, mais ses actions en disent plus long que ses mots.

— Alors pourquoi tu n'as pas contredit ton frère ? Pourquoi tu n'as pas défendu ma tante ? C'est ça que les membres d'une famille font les uns pour les autres, non ?

— Parce que ça ne sert à rien de contredire mon frère. C'est l'équivalent d'essayer de contredire un mur. Ça ne sert à rien simplement parce qu'il n'entend rien à moins que ce soit exactement ce qu'il veut entendre. Crois-moi, j'ai grandi avec lui. Je me casserais la voix bien avant d'arriver à me faire entendre. C'est un mur vraiment très têtu.

Il rit comme si sa petite blague était hilarante, mais je ne suis pas convaincue. Sa nonchalance m'irrite. C'est comme s'il ne me prenait pas au sérieux. Peut-être que le baiser répugnant de Frank m'a plus affectée que je ne le croyais. Peut-être que je cherche une excuse pour mettre une distance définitive entre Logan et moi, afin de ne pas regretter son départ imminent. Quoi qu'il en soit, ma colère ne s'apaise pas.

— Je crois surtout que tu es d'accord avec lui. Tu ne veux pas de ce mariage, tu n'en as jamais voulu. Tu penses que ma famille est après la fortune de ton père. Tu dois déjà partager avec ton frère, tu ne veux pas te retrouver obligé de partager avec une belle-mère.

Son expression devient sombre. Soit je l'ai vexé, soit j'ai vu juste.

— C'est ridicule ! Si je ne voulais pas de ce mariage, je ne me serais pas démené pendant des semaines pour l'organiser !

— Ah, je suis ridicule ? Merci pour l'info, c'est exactement ce que j'avais besoin d'entendre ce soir !

Au lieu de retourner vers la maison, je me dirige vers le parking.

— Anna, où tu vas ?

— Je rentre chez moi. Pourquoi, j'ai besoin de te demander la permission ? Ton frère et toi avez peut-être l'habitude de dire quoi faire aux gens qui vous entourent, mais ne me comptez pas dans les rangs. J'ai ma dose des frères Carter pour la journée !

Je m'en vais en trombe. J'espère que cet échange met un terme définitif à toute amitié avec lui. C'était agréable tant que ça a duré, mais c'est fini.

Chapitre 17

— Logan —

Ça fait deux jours que je n'ai pas vu Anna. Le mariage est demain et je n'ai toujours pas eu la chance de lui parler. Je n'ai pas pu lui dire que je l'aime, que je l'estime, et que je veux construire une vie avec elle. Je n'ai pas pu apaiser ses craintes, lui prouver que j'ai la meilleure opinion du monde d'elle et de sa tante.

Je ne sais ce que Frank lui a fait, ce qu'il s'est passé entre eux, mais je crains le pire. Lui a-t-il dit que ma famille pense qu'elle et Nadia ne sont que des opportunistes sans scrupules ? Ce serait bien son genre. Il attribue facilement ses propres défauts aux autres.

Je suis encore à me demander comment je vais bien pouvoir lui parler quand mon père interrompt mes réflexions pour m'appeler dans le salon. Frank est là aussi.

— Comme vous savez, je me marie demain. Nadia est là ce soir avec Anna et les membres de son groupe pour son enterrement de vie de jeune fille. Et j'aimerais inviter mes deux fils à boire un verre avec moi célébrer mon enterrement de vie de célibataire. J'ai sorti une bouteille d'un excellent whisky de trente ans d'âge, et je voudrais la partager avec vous. La véranda est occupée, mais on peut s'installer dans la librairie, si vous voulez bien me faire cet honneur.

Je suis sur le point de répondre que j'en serais ravi, mais Frank prend les devants.

— En fait, père, j'ai prévu un petit quelque chose pour cette occasion. Je me suis permis d'inviter quelques membres clés du conseil d'administration. Il faut les caresser dans le sens du poil, ça facilitera la transition. Si vous voulez bien me suivre.

Mon père me jette un coup d'œil comme pour me demander si j'ai quelque chose à voir avec ça. Mais non, c'est entièrement une idée de Frank. Je ne m'attendais pas à ce qu'il soit aussi attentionné. Maintenant, je m'en veux de ne pas avoir prévu quoi que ce soit pour cette occasion spéciale.

Mais ma culpabilité ne survit pas au spectacle qui nous attend dans la librairie. Une demi-douzaine d'hommes d'âge moyen assis sur des chaises, plusieurs boîtes de cigares, et deux strip-teaseuses. Je n'en crois pas mes yeux. Comment est-ce que Frank a pu s'imaginer que c'est une bonne idée ?

A voir son expression stupéfaire, mon père pense comme moi.

—Je ne sais pas si c'est...

Mais Frank est bien trop préoccupé par lui-même – et les corps peu vêtus des danseuses – pour remarquer notre malaise.

— Allez, ça va être une bonne soirée. Il faut qu'on célèbre ton mariage avec panache !

Mon père ne veut pas causer de conflit à la veille de son mariage, et nous nous joignons à la fête. Une strip-teaseuse me prend immédiatement pour cible. Après tout, je suis le plus jeune dans la pièce. La plupart des autres invités sont probablement assez âgés pour être son père. Je dois bien admettre qu'elle est jolie et qu'elle danse très bien. Elle me rappelle une danseuse sublime que j'ai rencontrée à Las Vegas.

Mon père est quelque part entre mal à l'aise et furieux, mais Frank et ses invités ont l'air de s'amuser comme des fous. Ils échangent des blagues grivoises en tirant sur leur cigare, sifflent les strip-teaseuses comme des loups de dessins animés, et parlent de leurs meilleurs investissements du trimestre. J'ai l'impression d'être avec mes collègues — avec quelques années de plus. Il y a de l'ambiance, c'est amusant. Et les danseuses sont excellentes à leur job.

Mais très vite, je commence à perdre intérêt. Je me rends compte à quel point ces hommes, pour la plupart mariés avec des enfants, sont pathétiques. Au lieu d'être chez eux avec leurs familles, ils sont ici à regarder des filles se dévêtir et à parler de gros sous. Ce sont des clichés ambulants, des adolescents coincés dans des corps d'hommes. Ça me donne presque envie de rire, si ce n'est pour éviter de pleurer. Frank sort de la pièce pendant un moment. Il a sans doute atteint ses limites aussi et a besoin d'un peu d'air.

Je refuse que ce soit mon avenir. Je veux bien mieux, bien plus, pour moi-même. Je veux une femme que j'aime et que je suis impatient de revoir à la fin de la journée, je veux des enfants que je vois grandir, je veux des hobbies qui m'apprennent de nouvelles connaissances et de nouvelles compétences. Même si je ne deviens pas le plus riche ou le plus puissant, c'est pour moi la façon de vraiment réussir ma vie. Et je sais exactement avec qui je veux cette vie – avec Anna, la seule femme que j'aime.

Elle me manque. Ces derniers jours sans sa présence ont été déplaisants. Ce n'est pas tant son absence, c'est l'ignorance de son cœur. Je ne sais pas ce qu'elle pense de moi parce que je n'ai pas encore eu le cran de lui parler et de lui présenter le mien. Elle me manque tellement que j'ai l'impression de la voir dans la pièce avec nous.

Je me lève d'un bond de ma chaise. La danseuse qui se tenait à côté de moi fait quelques pas précipités en arrière. Anna est là, regardant le spectacle de ces agapes ridicules avec un dégoût que je ne peux pas lui reprocher.

— Anna, qu'est-ce que tu fais ici ?

— Ne t'inquiète pas, je ne vais pas vous déranger longtemps. Nadia m'envoyait juste pour voir si vous aviez besoin de quoi que ce soit, mais je vois que vous êtes bien pourvus, alors je vais vous laisser à vos réjouissances.

— Attends...

— Sûrement pas ! Il n'est pas questions que je reste ici plus longtemps.

Elle me regarde avec une froideur qui me serre le cœur.

— Enfin, au moins, j'ai pu voir une chose : tu es toujours le même qu'avant, tu ne changeras pas. Tu as bien fait semblant pendant ton séjour ici, mais voilà la preuve que ce n'est que de la comédie. Tu es et tu resteras un playboy fêtard qui prend un compte en banque bien rempli pour de la dignité. Je ne veux plus rien avoir à faire avec toi.

Elle tourne les talons et s'en va. Ces derniers temps, j'ai l'impression de voir son dos plus souvent que son visage. Je me demande si je dois lu courir après ou lui laisser la chance de pouvoir se calmer un moment. Indécis, je reste planté là.

Mon père me rejoint.

— Je vais couper court à ma soirée, ce n'est pas vraiment mon genre de fête. Et si j'en juge par ta mine défaite et le départ précipité d'Anna, je dirais que ce n'est pas ton genre non plus. Du moins, ça ne l'est plus.

Mon père est encore plus doué que Frank pour lire les gens. Je ne peux pas le contredire.

— Non, plus du tout.

Il fait alors un geste pour désigner la pièce.

— Ça, c'est une soirée de plaisir trivial et un peu sordide.

Puis il pointe vers la porte qui s'est refermée derrière Anna.

— Ça, c'est peut-être toute une vie de bonheur. La décision t'appartient. Je vais me coucher, bonne nuit.

Il a raison, c'est très simple. Je n'ai même pas besoin de me poser la question quant à mon choix.

Chapitre 18

– Anna –

Ça m'apprendra à me laisser aller au moindre sentiment romantique. J'ai le cœur en miettes, comme je l'avais prédit. Voir cette fille en sous-vêtements pratiquement danser sur les genoux de Logan, dans cette pièce remplie de fumée de cigares et d'hommes aux regards lubriques, est plus que je ne peux supporter. Je pensais honnêtement, véritablement, que Logan était bien plus que le masque qu'il porte souvent en public. Mais c'est une erreur. Heureusement, j'ai pu le voir ce soir. Ça rendra son départ bien plus facile. Un Don Juan débauché ne me manquera pas.

J'ai fui tant de fois dans cette maison que j'en connais l'agencement par cœur. Je vais me réfugier dans la cuisine où je sais que personne ne me dérangera. Les Carter ne cuisinent pas, ils laissent ça à leur cuisinière, et elle ne travaille pas ce soir. Pourtant, quand j'entre dans la pièce, je ne suis pas seule.

Frank est là, penché au-dessus d'un plateau de service avec une bouteille de whisky et plusieurs verres. Mon premier réflexe est de m'en aller. J'ai déjà fait l'expérience d'être seule avec lui dans une pièce fermée. Mais du coin de l'œil, je vois qu'il tient quelque chose dans sa main juste avant qu'il ne la mette dans son dos. Je suis intriguée. Qu'est-ce qu'il peut bien fabriquer ?

Il me regarde avec une expression furieuse. Pourtant, j'ai l'impression qu'il y a une autre émotion dans ses traits — de l'inquiétude ?

— Qu'est-ce que tu fais là ?

Son ton est presque trop nonchalant. Habituellement, il est bien plus agressif, demandant que tout soit fait immédiatement à sa convenance. Mais à cet instant, on dirait presque qu'il essaye de ne pas me provoquer. C'est très suspicieux.

— Je te retourne la question. Qu'est-ce que tu fais dans la cuisine ? Je ne suis venue que quelques fois dans cette maison, et pourtant je suis certaine d'avoir passé plus de temps dans cette cuisine en quelques semaines que toi dans toute ta vie.

Il prend un air hautain.

— Je ne vois pas ce que je viendrais faire dans la cuisine. C'est la place du personnel, pas la mienne.

Il se reprend tout à coup.

— Mais aujourd'hui, c'est une occasion spéciale. Je suis seulement venu servir du whisky pour mon père et ses invités. Et je n'ai pas besoin de me justifier auprès d'une fille comme toi ! Ta tante se tape mon père et tu essayes sans arrêt de me séduire, moi et mon frère. Vous utilisez vos fesses pour vous rapprocher de la fortune de ma famille. *Ma* fortune ! Vous n'êtes que des prostituées qui essayent de vous faire passer pour des saintes. Tu me dégoûtes.

Dans sa colère, il agite les mains, et je peux apercevoir la petite ampoule en verre qu'il essayait de cacher. Elle est vide. Il surprend mon regard et se raidit.

Je fronce les sourcils. Je pensais au début qu'il préparait simplement une blague de mauvais goût. Glisser un laxatif dans les verres des invités, ou quelque chose stupide comme ça. Il est assez sadique pour rire de ce genre de choses. Mais son attitude me rend méfiante. Et s'il s'agissait de quelque chose de pire ? Je remarque alors que les verres sont tous identiques, sauf un. Le verre le plus proche de Frank a une forme différente, plus bombée, et ornée de gravures distinctives.

— C'est pour qui, ce verre ? Celui-là, il est différent. Pourquoi ?

Il me jette un regard de dédain.

— C'est pour moi, c'est le mien. Je ne veux pas qu'on boive dans le mien, je ne veux pas que mon whisky trente ans d'âge soit assaisonné avec les microbes des autres.

Je ne le crois pas un seul instant. S'il disait vrai, il ne sentirait pas le besoin de me répondre pour se justifier. Il m'enverrait simplement voir ailleurs s'il y était. Il ne me fait la conversation que parce qu'il est coupable de quelque chose.

— Alors bois-le.

Sa colère s'intensifie.

— Je n'ai pas soif tout de suite. Je le boirai avec les autres, en portant un toast à mon père.

— Tu n'es pas obligé de faire cul sec. Montre-moi juste que tu en prends une petite gorgée. Je n'ai jamais vu quelqu'un boire un alcool aussi sophistiqué que ça. Je veux voir l'effet que ça fait.

— Je t'ai dit que je n'en ai pas envie, n'insiste pas.

Il est peut-être doué pour lire les autres, mais il n'est pas très bon pour cacher ses propres expressions. Je crois qu'il n'a pas l'habitude qu'on le questionne et qu'on lui tienne tête.

Habituellement, les gens lui obéissent au doigt et à l'œil sans résistance. Mais je l'ai pris en défaut. Il ne sait pas comment réagir.

— Frank, c'est quoi le produit que tu as dans la main, et pour qui est ce verre?

— Ça ne te regarde pas. Ne t'occupe pas des affaires de ma famille.

— Ça va bientôt être ma famille aussi, donc ce sont mes affaires.

Je ne sais pas d'où me vient ce courage. Je ne suis pas le genre de personne qui aime les conflits. Mais ces dernières semaines ont été difficiles. J'ai failli tout abandonner, puis j'ai retrouvé espoir grâce à un miracle, j'ai été épuisée, j'ai fait l'expérience de plaisirs sensuels comme je n'en ai jamais connu avant, je suis tombée amoureuse, j'ai eu le cœur brisé, j'ai sauvé une cérémonie de mariage, j'ai été attaqué par un pervers narcissique. Ça fait beaucoup de choses à absorber d'un coup. Je crois qu'en cet instant, je ne suis pas complètement moi-même.

Frank a le visage pourpre de colère. Il est enragé qu'une personne qu'il croit si en-dessous de lui puisse le défier ainsi. Il se dresse de toute sa hauteur, carrant les épaules. Son expression est absolument terrifiante... Mais je n'ai plus le réflexe d'avoir peur. Mes émotions refusent de réagir. Elles ont été surmenées ces derniers jours, et on dirait bien qu'elles sont en grève.

Puis tout à coup, Frank se fend d'un sourire qui n'a rien d'amical. Au contraire, c'est une expression froide et violente.

— Tu ne feras jamais partie de cette famille, je te le promets. Les Carter ne seront pas souillés par des prostituées de bas étage. Pas tant que j'aurai mon mot à dire.

— Crois-moi, je ne suis pas enchanté à l'idée de faire partie de la famille d'un psychopathe comme toi. Mais tu n'as pas ton mot à dire. Ni toi, ni moi. Nadia et Alexander s'aiment et ils vont se marier demain.

Son sourire s'élargit. Il a l'air d'un fou.

— Oui, oui, je sais, c'est ce qui est prévu. Sauf s'il arrive quelque chose à mon père avant la cérémonie...

Je comprends soudain avec horreur.

—Ce verre, c'est pour ton père, c'est ça ? Tu veux l'empoisonner !

Il hausse les épaules.

— Oui, et alors ? Il est grand temps d'avoir du sang neuf à la direction de l'entreprise. Il n'a plus les épaules pour ce job important. Mais pour une raison ou pour une autre, cette pouffiasse de Nadia a réussi à le convaincre, non seulement de l'épouser, mais aussi de passer la succession à mon petit frère. Comme si ce gâchis d'oxygène avait le moindre talent... Si elle a réussi à le convaincre de ça avant même qu'ils se marient, imagine les dégâts qu'elle pourra faire une fois qu'elle sera sa femme. Mais je n'ai pas oublié mon sens du devoir. Je dois protéger l'héritage familial, même contre mon propre père.

— Tu n'as pas de sens du devoir, tu as juste soif d'argent et de pouvoir. Mais tu te mets le doigt dans l'œil si tu crois que je vais te laisser faire.

J'essaye de partir pour aller prévenir quelqu'un, mais Frank est trop rapide. Il est aussi athlétique que son frère. Il m'attrape par le col. Ça doit être sa manœuvre préférée.

— Tu vois, c'est ça le problème quand tu te mêles des affaires des autres. Je t'ai bien dit de t'occuper de tes oignons. Mais tu n'as pas écouté. Et maintenant, je ne peux pas risquer que tu ébruites mon plan.

J'essaye de lui mordre la main comme la dernière fois, mais il me gifle si fort que ma tête se met à sonner comme les cloches d'une église. Frank grogne comme un pitbull prêt à attaquer.

— Une fois, pas deux.

Tout à coup, il m'enveloppe le cou de ses mains et commence à serrer. J'essaye de me débattre, de le griffer, de lui mettre des coups de pied, mais il est bien trop fort pour moi. J'étouffe. Au-dessus de moi, il sourit comme un dément.

— Je devrais te remercier, en fait. Je vais pouvoir mettre ta mort sur le dos de Logan. Avec mon père mort et mon frère en prison, je n'aurai aucun mal à prendre le contrôle de l'entreprise. Alors merci. Je savais bien que t'allais m'être utile d'une manière ou d'une autre. Mais je croyais que ce serait pour réchauffer mon lit, pas pour faire enfermer mon frère.

Je veux me libérer, mais je suffoque. Mes mouvements sont de plus en plus faibles. Ma vision se trouble. C'est déplaisant de mourir. Je sens mes forces me quitter et l'obscurité couvre mes yeux.

Soudain, je peux de nouveau respirer. J'entends des bruits assourdissants, des cris, des verres qui se brisent, des chaises qui se cassent. Il y a une bagarre près de moi.

Je me sens enveloppée dans des bras puissants. On me tapote la joue, on écarte mon col. Un souffle chaud tombe sur mon visage.

— Anna ? Anna ? Réponds-moi. Anna ? Tout va bien, il ne te fera plus de mal. Je suis là. Reviens à toi, Anna.

Ma gorge est en feu, mais la voix de Logan est comme un baume apaisant. Dans ses bras, je me sens protégée, en sécurité. Je suis fatiguée, je n'arrive pas ouvrir les yeux. J'ai envie de dormir. Mais j'arrive à lui adresser l'ombre d'un sourire. Je ne sais pas comment il m'a trouvée, mais je lui dois la vie. J'essaye de tout lui expliquer.

— Poison... Whisky... Succession...

Je n'arrive pas à parler, mais je me sens si bien dans ses bras. J'entends son cœur battre puissamment dans sa poitrine. Son rythme me berce et m'apaise. Je sombre dans l'inconscience.

Chapitre 19

– Logan –

Je suis tellement impatient que j'ai du mal à tenir en place. Derrière moi, les branches du pommier se balancent doucement dans la brise. C'est une journée idéale pour un mariage. Nous devons donc faire de notre mieux pour que l'ombre de Frank ne gâche pas une occasion qui est supposée être des plus joyeuses.

Après qu'il a attaqué Anna hier, il a été arrêté par la police. Aiguillés par les quelques mots qu'elle a prononcé avant de s'évanouir, ils ont mené une enquête détaillée et ont trouvé de la digitaline dans un des verres de whisky. Frank était si furieux que je l'aie mis en sang quand je l'ai vu essayer d'étrangler ma belle Anna qu'il a déballé toute son histoire sans se faire prier. A voir son expression hargneuse, je crois qu'il essayait de me faire peur en me montrant à quel point il est dangereux. Je dois bien admettre ça, il est dangereux — fou dangereux. Il était prêt à tuer deux personnes, dont son propre père, pour obtenir ce qu'il voulait. Mais je pense que son avocat va s'arracher les cheveux. Il va devoir se battre contre deux accusations de tentative de meurtre alors que son client a déjà tout avoué devant des officiers de police. Tant mieux. J'espère qu'il ne sortira jamais de prison. Il n'a pas sa place en société, et encore moins dans notre famille.

C'est sans doute une bénédiction que Frank se soit tenu éloigné de nous pendant dix ans. Nous avons déjà pu commencer à faire la paix avec l'idée qu'il ne reviendra pas. Je sais que mon père est plus affecté qu'il ne le montre, mais je ferai de mon mieux pour le soutenir et l'aider à surmonter sa peine.

A présent, il se tient à côté de moi, au bout de l'allée, attendant nerveusement que sa fiancée arrive, tandis que les invités discutent à voix basse. L'heure de la cérémonie approche et Nadia devrait bientôt être là.

Mais Anna n'est pas encore arrivée. Elle doit jouer du violon pour sa tante, mais elle n'a pas encore fait son apparition. Je suis très inquiet. La dernière fois que je l'ai vue, c'était la veille, quand les urgentistes l'ont amenée à l'hôpital. J'ai voulu la suivre, mais la police m'a demandé de rester pour pouvoir prendre ma déposition. Nadia nous a gardés informés jusqu'à ce qu'on ait la certitude qu'Anna n'était pas en danger, mais ce n'est pas pareil de lire un message ou de voir Anna de mes propres yeux. Elle se fait attendre, et je suis à présent inquiet qu'il y ait eu des complications inattendues. Après tout, il ne s'en est fallu que de quelques secondes pour que Frank réussisse à la tuer.

Je crois que, même si je vis cent ans, je n'oublierai jamais cette scène. Les marques violacées autour du cou d'Anna, sa bouche ouverte pour avaler de l'air qui ne pouvait pas parvenir jusqu'à ses poumons, et son corps inanimé qui gisait comme un pantin dont on a coupé les fils sur le carrelage de la cuisine. C'était comme si mon pire cauchemar avait pris vie. A cet instant, j'aurais pu tuer Frank de mes propres mains. Mais je devais m'assurer qu'Anna était encore en vie, et je me suis contenté de le mettre hors d'état de nuire. Je crois bien qu'il a le nez et quelques côtes cassées, et il a perdu au moins une dent sur le devant.

Enfin, j'aperçois une vision vert jade, et je respire à nouveau. Anna est vêtue de sa robe de demoiselle d'honneur. Elle a une longueur modeste juste en-dessous du genou, mais elle a un buste corseté qui met en valeur sa taille délicate, souligne sa poitrine, et révèle ses jolies épaules. Elle s'approche presque en flottant sur l'herbe, comme une nymphe des bois. On dirait presque que c'est l'esprit du pommier sous lequel nous nous trouvons. Elle porte aussi un foulard blanc autour du cou. Il vole derrière elle comme une traînée de nuage, lui donnant encore plus l'air d'être une créature féerique. On dirait que ça fait simplement partie de sa tenue de mariage, mais je sais exactement ce qu'il cache en réalité.

Sans hâte, elle remonte l'allée jusqu'à nous. Pendant un moment, j'ai la vision d'elle dans une robe blanche et tenant un bouquet de fleurs, venant jusqu'à moi pour devenir ma femme. C'est sans doute à ça que ressemble le bonheur.

Quand elle arrive à notre hauteur, elle se penche vers mon père.

— Un ourlet qui s'est décousu, pas d'inquiétude. Elle arrive.

Elle lui adresse un sourire lumineux qui fait trembler mes genoux. Puis elle tourne son regard vers moi, et son sourire ne s'éteint pas. Elle passe devant moi pour aller s'asseoir sur la chaise où elle doit jouer. Elle a une odeur fraîche de pomme et de jasmin.

Nadia apparaît au bout de l'allée. Anna se met à jouer et je n'entends plus rien d'autre. Je suis transporté par un torrent d'émotions qui me donne envie de rire, de pleurer, et de prendre Anna dans mes bras. Nadia est très belle, mon père rayonne de bonheur, et la cérémonie est très touchante, mais je n'ai d'yeux que pour Anna. Son sourire m'a donné un espoir fou, sa musique m'a donné du courage.

Après la cérémonie, je félicite les mariés. Je leur souhaite tout le bonheur du monde du fond du cœur. Je suis vraiment heureux pour eux, mais je vois bien que, même s'ils me remercient pour mes vœux, ils sont si perdus l'un dans l'autre que le monde autour n'a que peu d'importance.

La réception commence presque immédiatement après. Je peux admirer avec grande satisfaction le résultat de plusieurs semaines d'efforts. Tout se passe sans accroc dans un cadre magnifique. Je suis content. Pourtant toutes ces pensées ne sont au mieux que secondaires dans mon esprit. Anna en occupe tout le premier plan. Nous sommes obligés de remplir notre devoir de demoiselle et garçon d'honneur et je n'arrive pas à trouver un moment pour lui parler. C'est frustrant. J'ai tellement de choses à lui dire.

Evelyn Fairweather, qui a réussi à se faire inviter au mariage avec son mari, en vertu de leur place proéminente dans la haute société locale, me coince dans un coin pour essayer de me tirer les vers du nez sur ce qui s'est passé avec Frank. Cette femme consomme les rumeurs et les scandales comme un autre consomme de l'oxygène. Elle me tient la jambe pendant dix minutes sans que j'arrive à m'en défaire. Même lorsque la première danse des mariés est annoncée, elle continue de me glisser des chuchotements agressifs. J'aperçois Anna dans la foule. La plupart des invités sont le gratin de la région. Pourtant, elle brille sans égal, comme le soleil au milieu de simples joyaux. Vexée de mon inattention, Evelyn lui jette un regard mauvais. Soudain, elle écarquille les yeux.

— C'est cette fille, cette servante de l'hôtel qui m'a lancé de la peinture dessus il y a des années. Je la reconnais. Qu'est-ce que cette racaille vient faire là ? Elle a dû se faufiler sans que personne ne la voie. Elle veut se venger de moi pour l'avoir fait virer. Il faut appeler la sécurité avant qu'elle ne me jette à nouveau de la peinture dessus!

Je la foudroie du regard.

— C'est moi qui vous ai jeté de la peinture dessus au resort il y a dix ans, pas elle. C'était de la peinture bleue, je m'en souviens très bien. Mais à l'époque, je n'ai pas eu le courage de l'avouer. Heureusement, j'ai depuis fait quelques progrès. Et sachez qu'Anna est non seulement la nièce de Nadia, mais c'est également ma future femme. Si je vous entends encore une fois dire du mal d'elle, j'embaucherai quelqu'un pour vous suivre et vous tremper de peinture tous les jours de votre vie.

Je plante là cette bonne femme abasourdie, je traverse la foule, et j'entraîne Anna pour rejoindre mon père et sa tante sur la piste de danse. Elle n'oppose pas la moindre résistance. Au contraire, elle sourit.

Ça y est, je la tiens de nouveau dans mes bras, et le monde tourne à nouveau rond.

—Anna ?

—Oui ?

Je prends une grande inspiration, mais elle secoue la tête.

— Non, attends, moi d'abord.

J'acquiesce, mais j'ai un nœud dans le ventre. Est-ce qu'elle veut prendre les devants pour me rejeter en douceur avant que je ne puisse dire quoi que ce soit ?

— Il faut que je te remercie pour... Toute une liste de choses. Le plus évident en premier : tu m'as sauvé la vie. Sans toi, je ne serais pas là aujourd'hui. J'ai une dette envers toi que je ne pourrai jamais repayer, mais j'essayerai quand même. Et tu as sauvé la vie de mon père. J'ai vu le Dr. Mcintyre quand j'étais à l'hôpital hier, et je l'ai forcé à tout déballer. Je te dois donc deux vies. Et puis il y a toutes les fois où tu m'as aidée, tu m'as soutenue, tu m'as fait rire, ou tu m'as simplement fait oublier mes problèmes pour quelques instants quand j'avais l'impression de me noyer. Je te dois tellement.

Je me sens abattu. Je ne veux pas de sa reconnaissance. Je veux qu'elle me donne son cœur librement, pas parce qu'elle pense qu'elle me doit quelque chose. Elle remarque immédiatement mon expression.

— J'ai dit quelque chose de mal ?

Je me gratte la gorge.

— Non, rien de mal. C'est simplement que...

Je n'arrive pas à trouver mes mots. Mais c'est maintenant ou jamais. Je n'aurai sans doute pas de meilleure occasion. Alors je me jette à l'eau.

— Anna, je suis amoureux de toi. Je t'aime. Ça fait des semaines que je veux te le dire, mais je n'ai jamais réussi à trouver l'occasion... Ou le courage. Tu es une femme extraordinaire, et je veux construire quelque chose avec toi. Mais je ne veux pas que tu te sentes obligée de prétendre que tu me retournes mon affection simplement par gratitude.

Elle reste un moment sans rien dire. Ses yeux sont très brillants et ses joues sont rosies. Ça ne dure que quelques instants, mais j'ai l'impression que c'est une éternité. Enfin, elle répond.

— Je te suis infiniment reconnaissante, Logan, mais je ne deviendrais pas ta partenaire si c'était par simple gratitude. J'essaierais évidemment de trouver un moyen de te remercier pour ce que tu as fait pour moi et ma famille, mais ça ne serait pas de sortir avec toi. Heureusement, il se trouve que... Je t'aime aussi. Depuis bien avant que tu ne sauves la vie de la moitié de ma famille. C'est pour ça que je t'évitais depuis que nous avons passé la nuit ensemble. J'avais peur que si je continuais à être aussi proche de toi, j'allais avoir le cœur brisé, parce que je ne croyais pas que tu puisses vouloir une relation avec moi.

Comme le Grinch à la fin du film, j'ai l'impression que mon cœur va tripler de volume. J'ai envie de chanter et de danser — bon, je danse déjà. Je ne sais pas comment exprimer le bonheur qui m'envahit tout entier. N'y tenant plus, je me penche pour embrasser la femme de mes rêves. Elle me répond avec sensualité, et je sens une sensation de raideur familière à l'entrejambe. A chaque fois qu'Anna me touche, mon désir s'éveille. Il n'y a aucune femme au monde qui me fasse autant d'effet qu'elle.

Quand enfin on s'éloigne l'un de l'autre de quelques centimètres, le souffle court, je lui souris malicieusement.

— Tu sais, si je prends vraiment la relève de mon père, je vais devoir rester à Colorado Springs. Mais avec les médicaments de ton père couverts pour les trois ans à venir, tu vas sans doute pouvoir reprendre tes études au conservatoire. S'il se trouvait que tu étais prise à Juilliard, je suis sûr que mon père comprendrait si pendant les premières années de la transition, je passais pas mal de temps à New York. Après tout, c'est là que j'ai ma vie.

Elle rit. Son allégresse me donne une légèreté incroyable.

— Même sans les médicaments de mon père, je ne pourrais pas payer les frais de scolarité de Juilliard.

— Pour commencer, tu n'aurais pas à t'inquiéter du loyer, puisque tu pourrais vivre chez moi. Ensuite, mon père veut me faire un cadeau pour me féliciter pour mon nouveau poste. Je lui ai demandé de créer une bourse pour des élèves venant d'un milieu défavorisé et souhaitant étudier dans l'un des cinq conservatoires les plus prestigieux du pays. Il se pourrait que tu sois la première à la recevoir. Mais il va falloir que tu te remettes à jouer de la musique sérieusement pour préparer ton concours d'entrée. Bien sûr, je me porte comme volontaire pour t'écouter.

Elle me saute au cou. Je l'attrape à la volée, la serre contre moi, et fais pleuvoir une pluie de baisers sur son visage. Nous attirons de nombreux regards, mais je m'en moque. La femme que j'aime ressent la même chose pour moi, c'est tout ce qui compte.

C'est à son tour de prendre un air espiègle.

— Tu sais, avec tout ce qui s'est passé depuis, mes souvenirs de notre nuit ensemble sont un peu flous. Tu voudrais bien m'aider à me rafraîchir la mémoire ?

Je n'ai pas besoin de plus de motivation. Je lui prends la main et l'entraîne vers la maison. La fête bat son plein, les mariés sont sur leur petit nuage – qui remarquera notre absence ? Aujourd'hui est le premier jour de la vie dont j'avais à peine osé rêver.

Épilogue

– Anna –

Deux ans plus tard

Je suis nerveuse et je ne peux pas m'empêcher de taper du pied. Tous les professeurs sont déjà réunis sur scène, mais Logan n'est toujours pas là. Assis à côté de moi, Nadia et Alexander me sourient d'un air à la fois fier et indulgent. Ils reviennent tout juste de leur troisième lune de miel en deux ans. Cette fois-ci, après le Costa Rica et l'Égypte, ils sont allés à Bali. Sur le chemin du retour, ils se sont arrêtés à New York pour assister à la remise de diplôme de ma promo. Aujourd'hui, je deviens officiellement diplômée de Juilliard.

Enfin, j'entends le bruit d'une moto qui m'est familier. C'est le dernier projet en date de Logan. Je commence à reconnaître toutes ses motos à l'oreille. Il en répare et en revend facilement une par mois, mais elles ont toutes leur son propre.

Comme prévu, il a pris la succession de son père à la tête de l'entreprise familiale. Mais après une longue discussion avec Alexander, il a embauché un CEO pour en partager la direction. Alexander soutient cette idée avec enthousiasme. Depuis qu'il est marié avec Nadia, il profite de la vie comme il n'a jamais eu l'occasion de le faire auparavant, et il veut que son fils puisse y goûter aussi. Il ne veut pas que Logan fasse les mêmes erreurs que lui. Logan a donc profité d'avoir bien plus de temps libre pour ouvrir son propre garage – et passer beaucoup de temps avec moi.

Il m'a encouragée pendant mes longues heures de répétition et il est venu à tous mes récitals. C'est un compagnon formidable. J'espère seulement que je lui donne autant de bonheur que lui m'en donne.

Il arrive enfin, zigzaguant entre les rangs et les chaises. Je vois de nombreuses femmes le regarder passer avec intérêt, mais je sais qu'il n'a d'yeux que pour moi. Depuis que nous sommes ensemble, je n'ai jamais douté une seule fois de son amour. Il est tendre, attentionné, drôle, et charmant. Je n'aurais pu rêver d'un meilleur partenaire. Quand il nous rejoint, il m'embrasse et s'assoit à côté de moi.

— Salut, ma belle. Je n'ai rien manqué ?

— Non, rien du tout. Alors, tu as trouvé un client pour ta petite dernière ?

— Oui, quelqu'un est très intéressé. Il faut encore que je la teste un peu plus, mais ça devrait se finaliser dans les jours à venir. Et si ça ne marche pas avec lui, j'ai une liste d'attente.

— Félicitations. Je suis fière de toi. Les gens s'arrachent tes motos, dis donc !

Il me sourit et m'embrasse de nouveau. Mon cœur fait un petit salto. J'ai toujours cette réaction quand Logan me touche.

Le silence se fait alors dans la salle et la cérémonie débute. Plusieurs professeurs font des discours, nous félicitant pour nos efforts et nous encourageant pour le futur. Il y a des profs strictes, des profs créatifs, et des profs inspirants. Ils ont tous contribué à nous former, nous polir, et faire de nous les musiciens que nous sommes à présent. Puis le doyen prend la parole.

— Pour commencer cette remise de diplôme, je vais appeler le major de la promotion de cette année. Quand elle est arrivée il y a deux ans, elle n'était qu'un nom dans une longue liste d'élèves talentueux. Mais ces deux dernières années, elle nous a prouvé à tous, faculté comme étudiants, qu'elle est une musicienne hors pair. Non seulement elle a un talent inné immense, mais elle connaît aussi la valeur du travail. Je crois pouvoir dire sans crainte d'être contredit qu'il n'y a pas une seule personne ici qui l'ait entendue jouer sans être touché par sa musique. Sans surprise, elle a déjà trouvé une place dans l'un des orchestres les plus prestigieux du pays. Pour ma part, j'ai hâte de la voir sur scène et je serai dans la salle pour sa toute première représentation. Ai-je besoin de la présenter ? Je vous demande tous de faire un tonnerre d'applaudissement pour… Anna James !

Je monte sur scène pour recevoir mon diplôme et faire mon discours. Je ne sais pas trop ce que je dis, je suis trop émue. J'ai adoré mes deux ans ici, même si c'était beaucoup de travail, et je suis déjà prête à commencer une nouvelle aventure en tant que violoniste de concert. Si je travaille dur, je peux même avoir une chance de venir soliste. Bien sûr, il y aura des déplacements et des tournées, mais Logan a promis de me suivre et de m'emmener partout où il pourra à moto. Je ne savais pas qu'on pouvait vivre dans un rêve, mais j'en ai la démonstration tous les jours.

Après la cérémonie, nous faisons quelques photos pour immortaliser le moment. Puis Logan me prend la main.

— Tu veux aller faire un tour avec moi pour célébrer ? On pourra tester ma petite patiente ensemble.

— Oui, avec plaisir.

Il me tend le casque. Je m'apprête à l'enfiler quand je vois qu'il y a quelque chose dedans. C'est une petite boite sombre. Je l'ouvre. A l'intérieur, il y a une bague magnifique, ornée de trois diamants. Les deux petits sur les côtés ont une couleur ambre comme mes yeux, et le gros du milieu est presque blanc, comme mes cheveux. C'est une bague de fiançailles. Quand je me tourne vers Logan, je le trouve avec un genou à terre.

J'ai le cœur qui bat à tout rompre et je retiens mon souffle.

— Anna. Il y a des années, on n'a pas commencé sur le meilleur pied, mais j'ai toujours eu de l'admiration pour toi, même si j'étais trop jeune et stupide pour l'admettre. Quand nous nous sommes retrouvés il y a deux ans, cette admiration s'est vite transformée en amour. Sans même essayer, tu m'as appris à attendre plus de moi-même et de la vie que je me créais. Tu m'as donné envie de devenir une meilleure version de moi-même, une version qui serait digne de toi, et de rêver à nouveau. J'ai pu avoir une deuxième chance, une deuxième vie. Tu m'as sauvé de moi-même et de mon apathie. Je te dois mon bonheur présent tout entier.

Logan me prend la main.

—Je t'aime aujourd'hui bien plus qu'hier, mais encore bien moins que demain. Chaque jour que nous passons ensemble est pour moi une bénédiction. Je voudrais que nous passions chaque jour de notre vie ensemble, parce que tu es la personne que j'aime le plus au monde et tu fais de moi le plus heureux des hommes. Alors, si tu veux bien, si tu me fais cet honneur, j'aimerais que tu deviennes ma femme. Est-ce que tu veux bien m'épouser ?

Je suis si émue que j'ai l'impression que je ne vais pas réussir à parler. Je n'ai pas à réfléchir une seule seconde à sa question, la réponse est évidente. J'aime Logan de tout mon coeur. Je veux bâtir une famille avec lui, voir nos cheveux devenir blancs ensemble, et nous tenir la main même quand elles seront toutes ridées et tachetées. Je veux un avenir avec lui, une vie entière.

— Oui. Bien sûr, oui !

Il prend la bague et me la passe au doigt. Il se relève et m'embrasse. Je me fonds contre lui. Je suis à ma place entre ses bras, heureuse et en sécurité. Je pourrais mourir de bonheur, mais je veux vivre chaque jour de cette vie avec les yeux grands ouverts. C'est un rêve, mais je rêve éveillée.

Fin

Souscrivez à notre Newsletter et recevez une histoire romantique
GRATUITE !

Entrez l'adresse ci-dessous dans votre navigateur :

bit.ly/livrespassion_news

ou utilisez le QR-code ci-dessous :

Et retrouvez-nous sur Facebook :

facebook.com/livrespassion1

ISBN : 9798854976497

Printed in France by Amazon
Brétigny-sur-Orge, FR